ΕΝΝΗΜΈΝΟΣ ΝΑ ΠΑΡΑΚΟΛΟΥΘΕΊ

Ρούμπεν Κόουλ - Τα Πρώτα Χρόνια
Βιβλίο 1

STUART G. YATES

Μετάφραση
NIKOLETTA SAMOILI

ΠΡ'ΟΛΟΓΟΣ

Στις αρχές του εικοστού αιώνα, ο Ρούμπεν Κόουλ, πρώην ανιχνευτής του στρατού, γνωστός στα ινδιάνικα έθνη ως "Αυτός που έρχεται", πλησιάζει στο τέλος της αιματοβαμμένης καριέρας του. Τα σκληρά, αδυσώπητα χρόνια προσπάθειας και βίας έχουν καταβάλει το τίμημά τους. Δεν είναι πια ο άνθρωπος που ήταν, η τελευταία του υπόθεση παραλίγο να του στοιχίσει τη ζωή. Η πραγματικότητα είναι ότι είναι γέρος και αργός, και τώρα το αποδέχεται, έστω και απρόθυμα, όπως τόσοι πολλοί άνθρωποι που γερνάνε. Ανακοινώνοντας τη συνταξιοδότησή του στην πολύπαθη ερωμένη του, εκείνη του λέει ότι ένας συγγραφέας περιοδικού έχει φτάσει στο σπίτι τους, πρόθυμος να καταγράψει την καριέρα του Κόουλ σε ένα φανατικό αναγνωστικό κοινό που διψάει για ιστορίες της "άγριας δύσης". Διστακτικός στην αρχή, ο Κόουλ συμφωνεί και αφηγείται το διαμορφωτικό κομμάτι της καριέρας του, κατά τη διάρκεια του οποίου έμαθε για την ιχνηλασία και πώς να μένει ζωντανός στο σκληρό, αδυσώπητο τοπίο της Δύσης.

Όπως είπε ο ίδιος στον συγγραφέα του περιοδικού, "Αυτό που έχετε εδώ είναι η ιστορία όπως την έζησα. Δεν ήμουν παρών σε όλα όσα συνέβησαν, και τέτοιες σκηνές μου διηγήθηκαν αργότερα. Αλλά είναι όλα αληθινά, κάθε λέξη".

Αυτή είναι η ιστορία του.

Η μητέρα του είναι κοντά στο θάνατο. Το ξέρει αυτό χωρίς να του το πουν. Ο γιατρός Μίλερ επισκεπτόταν κάθε δεύτερη μέρα, αλλά τώρα τελευταία επισκέπτεται δύο φορές την ημέρα. Ο Ρούμπεν, δεκατεσσάρων ετών, καθόταν στη γωνία και παρακολουθούσε τα πήγαινε-έλα χωρίς να μιλάει, χωρίς ποτέ να ρωτάει. Δεν υπάρχει λόγος. Βλέπει τα πάντα στις γραμμές των προσώπων τους και στην απαίσια σκιά του λεπτού σαν ρυζόχαρτο δέρματος της μητέρας του. Επίσης, στον τρόπο με τον οποίο ο πατέρας του τριγυρνάει μέσα στο σπίτι, γέρος και σκυφτός, μόλις και μετά βίας ικανός να ανταποκριθεί στο βλέμμα του γιου του.

Ο γιατρός Μίλερ του σφίγγει τον ώμο και του κάνει ένα καθησυχαστικό νεύμα. Ο Ρούμπεν κρατάει το βλέμμα του γέρου. "Θα γίνει καλά;"

Ο γιατρός σφίγγει τα χείλη του και κουνάει το κεφάλι του.

Απομακρύνεται, αφήνοντας τον Ρούμπεν στις σκέψεις του.

Ο Ρούμπεν βυθίζεται βαθιά στον εαυτό του, στρέφοντας το μυαλό του στις αναμνήσεις και βάζει το πρόσωπό του στα χέρια του και κλαίει ήσυχα. Είναι η μητέρα του και πρόκειται να πεθάνει. Είναι σαν να καταρρέει ολόκληρος ο κόσμος του και είναι ανήμπορος να το αποτρέψει.

Αυτό το πρωί, όταν τελικά κατεβαίνει κάτω, οι άντρες στέκονται στο σαλόνι με τα ποτήρια στα χέρια και κανείς δεν είναι πρόθυμος να τον κοιτάξει, οπότε αποφασίζει να βγει έξω. Αισθάνεται διχασμένος. Η μητέρα του είναι ξαπλωμένη στο κρεβάτι της και κανείς δεν είναι μαζί της. Θα έπρεπε να μείνει, να χαϊδέψει το πυρετώδες μέτωπό της, αλλά ο γιατρός Μίλερ τον προειδοποίησε. Δεν πρέπει να την αγγίξει. Είπε μάλιστα ότι θα ήταν καλύτερο να μην μπει καν στο ίδιο δωμάτιο μαζί της. Ακολουθώντας αυτή τη συμβουλή, καθ' όλη τη διάρκεια της ημέρας, ο Ρούμπεν έσκυβε στο διάδρομο έξω, με το κεφάλι στην πόρτα, ακούγοντας την ασταθή αναπνοή της. Αλλά το να ακολουθεί τις συμβουλές δεν απομακρύνει τον πόνο ή τις ενοχές. Τώρα, με βαριά βήματα, γλιστρά έξω από το σπίτι, χωρίς να ξέρει ή να νοιάζεται αν κάποιος τον βλέπει να φεύγει.

Έξω κάνει κρύο. Το χιόνι έχει ήδη πέσει τη νύχτα και, στη βαριά λευκότητα του ουρανού, απειλεί να πέσει κι άλλο. Δεν τον νοιάζει. Καβαλάει τη γριά Νόρα και την παίρνει μακριά από το ράντσο. Αγαπάει το ράντσο. Αγαπάει τον τρόπο που το αεράκι κινείται μέσα στα χωράφια, τον τρόπο που ο ουρανός απλώνεται για πάντα, με τα μακρινά βουνά μια μωβ κηλίδα στο γαλάζιο φόντο. Όλα όσα βλέπει ανήκουν στον πατέρα του και μια μέρα όλα θα του ανήκουν. Ρούμπεν Κόουλ. Ένα αγόρι του οποίου το μέλλον είναι εγγυημένο.

Μόνο που αυτός δεν το θέλει.

Δεν πιστεύει ότι θέλει να γίνει κτηνοτρόφος. Όχι ακόμα, όχι με τη μητέρα του έτοιμη να τον αφήσει για πάντα. Δεν θα ακούσει πια τα καλά της λόγια, την καθοδήγηση και την ενθάρρυνσή της.

Τον αφήνει με ολόκληρη τη ζωή του ακόμα μπροστά του, με όλες τις αβεβαιότητες, τον ενθουσιασμό, την περιπέτεια και τις αντιξοότητες, που θα πρέπει να αντιμετωπίσει μόνος του.

Οπότε, ιππεύει. Το μυαλό του είναι ένα ανεμοδαρμένο τοπίο διαρκώς μεταβαλλόμενων συναισθημάτων, οι φόβοι του χρωματισμένοι με θλίψη, αναμειγνύονται με τα όνειρα του αγνώστου. Ο μεγάλος, πλατύς κόσμος είναι παντού γύρω του και τον βρίσκει συναρπαστικό αλλά και τόσο τρομακτικό. Τόσο απρόβλεπτο.

Ταξιδεύει με το μυαλό του μακριά, μέχρι που οι αναμνήσεις ξεπροβάλλουν μεγάλες και ζωντανές. Θυμάται το χαμογελαστό πρόσωπο της μητέρας του, το άρωμά της να γεμίζει τα ρουθούνια του. Αν κλείσει τα μάτια του, μπορεί να την ξαναδεί. Πώς ήταν πριν η αρρώστια ρημάξει τα χαρακτηριστικά της, την κάνει ραβδωτή, λεπτή και ωχρή. Όμορφη. Χαμογελαστή, πάντα χαμογελαστή.

Φτάνει σε ένα μέρος που δεν γνωρίζει. Βγαίνοντας από την ονειροπόλησή του, παρατηρεί το τοπίο. Γύρω του, γκρεμισμένοι, χαραγμένοι από τον άνεμο βράχοι υψώνονται τόσο ψηλά που δεν μπορεί να δει τις κορυφές τους. Πουλιά πετούν εκεί, αναμφίβολα όρνια που ανυπομονούν για μια γιορτή. Ανατριχιάζει, στριφογυρίζει, βγάζει το παγούρι του και πίνει μια μεγάλη γουλιά. Η Νόρα αναπνέει βαριά. Πρέπει να καβαλούσαν για ώρες και συχνά οι χιονοστιβάδες ήταν βαθιές. Επιπλήττει τον εαυτό του που δεν επικεντρώθηκε περισσότερο στο πού κατευθυνόταν. Την κατευθύνει προς ένα συνονθύλευμα δέντρων και Ούλεξ και κατεβαίνει από το άλογο. Χαϊδεύει τη γέρικη φοράδα κατά μήκος του λαιμού και, δουλεύοντας γρήγορα, ξεκουμπώνει τη σέλα και τη βγάζει από πάνω της. Πιέζοντας το πρόσωπό του στη μουσούδα της, φιλάει τα φουσκωμένα ρουθούνια της, και εκείνη ανταποκρίνεται, χλιμιντρίζοντας απαλά.

Οδηγώντας τη Νόρα ανάμεσα στα παρατεταμένα κλαδιά, κατεβάζει τη σέλα και χαλαρώνοντας το παντελόνι του, ανακουφίζεται σε μια προεξοχή βράχου, κλείνοντας τα μάτια του για να απολαύσει το αίσθημα της ανακούφισης. Η Νόρα αναπνέει αηδιασμένη από τη δυσωδία. Κράτησε το περιεχόμενο της κύστης του για πολύ καιρό.

Σε μία από τις τσάντες του υπάρχει καλαμπόκι. Παίρνει μια μπουκιά, σφίγγει τα δόντια του γύρω του, μασουλάει μέχρι να μπορέσει να καταπιεί. Έχει γεύση σαν παλιό, ξερό σχοινί και το ξεπλένει με νερό από το παγούρι του. Μερικές φορές ο πατέρας του έφερνε μαζί του ουίσκι ή σίκαλη για να πίνει σε μεγαλύτερες διαδρομές. Ο Ρούμπεν δεν έχει γνωρίσει ακόμα το ουίσκι. Μακάρι να το είχε δοκιμάσει.

Επιστρέφοντας στη σκιά, βάζει μια κουβέρτα στην πλάτη της Νόρα πριν απλωθεί στο έδαφος. Τη δεύτερη κουβέρτα τη βάζει γύρω από τους ώμους του. Παρόλο που πολλές μικρές πέτρες καρφώνονται στην πλάτη του, είναι κουρασμένος, η μέρα είναι ήπια χάρη στον ήλιο και σύντομα τα μάτια του βαραίνουν. Μέσα σε λίγα λεπτά αποκοιμιέται.

Κάτι τον αναγκάζει να ξυπνήσει. Μια μακρινή κραυγή τον τραβάει σε όρθια θέση. Για μια στιγμή αποπροσανατολίζεται. Τρίβοντας τα μάτια του, κοιτάζει γύρω του. Η Νόρα στέκεται ακίνητη, με τα αυτιά της τεντωμένα. Ο ήχος ακούγεται ξανά. Απότομες φωνές, πολύ μακριά για να αναγνωρίσει μεμονωμένες λέξεις, αλλά αρκετά κοντά για να καταλάβει ο Ρούμπεν ότι πρόκειται για τις φωνές πολλών, θυμωμένων ανδρών.

Σηκώνεται, πετάει την κουβέρτα και τινάζεται.

Πηγαίνοντας στο σημείο όπου είχε αφήσει τους σάκους της σέλας, βγάζει από τη θήκη του το σκιουροβόλο όπλο. Είναι ένα παλιό όπλο που του είχε δώσει πριν από μερικά χρόνια ο Φλόιντ Χέντερσον, ένας από τους εργάτες του ράντσου. Αποδεικνύοντας ότι ήταν κάτι σαν φυσικό ταλέντο, ο Ρούμπεν συχνά πήγαινε σε ψηλότερο σημείο, σημάδευε τον κεντρικό αχυρώνα και πυροβολούσε τους αρουραίους καθώς πηγαινοέρχονταν. Ο Χέντερσον έλεγε ότι ήταν "πετυχημένος σκοπευτής", ό,τι κι αν σήμαινε αυτό, αλλά ο ίδιος απολάμβανε τον έπαινο του μεγάλου άντρα. Δεν περιμένει ποτέ να χρησιμοποιήσει το όπλο με θυμό. Ένα ρίγος τον διαπερνά.

Βγαίνοντας από το σκιερό του σημείο, περνάει σε μια προεξοχή βράχων και εγκαθίσταται για να παρακολουθεί.

Πέρα από το δύσβατο έδαφος, έρχεται ένας άνδρας που τρέχει. Είναι ημίγυμνος, με μακριά μαύρα μαλλιά που τον ακολουθούν σαν αλογοουρά. Το παντελόνι του είναι φτιαγμένο από τραχύ ύφασμα, πιθανότατα από δέρμα ζώου και στο χέρι του κρατάει ένα τόξο. Ο Ρούμπεν ρουφάει αέρα. Ένας Ινδιάνος. Ο Χέντερσον του είχε πει κάποτε ότι οι Κιόβα κυνηγούν εδώ κοντά και ότι αν έβλεπε ποτέ κανέναν θα το έλεγε αμέσως στους δικούς του. Ο Χέντερσον τους αποκαλεί άγριους, αλλά ο Ρούμπεν δεν έχει δει ποτέ κανέναν, μέχρι τώρα, και, από εκεί που κάθεται, ο άντρας δεν μοιάζει καθόλου άγριος.

Τρέχει με μια εύκολη χάρη στο χιόνι, με το μακρύ του βήμα χαλαρό, το κεφάλι του ακίνητο σαν να είναι σε βαθιά συγκέντρωση.

Δεδομένου του τι διαφαίνεται πίσω του, αυτό θα μπορούσε κάλλιστα να συμβεί.

Υπάρχει ένας αναβάτης, ο οποίος χρησιμοποιεί το καπέλο του για να χτυπήσει την καμπούρα του αλόγου του, παροτρύνοντας το ζώο να προχωρήσει. Δεν είναι όμως αυτός ο άνδρας που φωνάζει και ο Ρούμπεν προσπαθεί να δει αν μπορεί να πιάσει κάποιον άλλον εκεί έξω στην πεδιάδα.

Δεν βλέπει κανέναν και επιστρέφει στην παρακολούθηση.

Ο αναβάτης κερδίζει τον Ινδό. Το έδαφος κάτω από το χιόνι είναι ύπουλο, σπασμένο από πέτρες, μικρές και μεγάλες, διάσπαρτες παντού, κάθε μία από τις οποίες θα μπορούσε να αποδειχθεί επικίνδυνη για το άλογο. Ο καλπασμός του είναι αδέξιος, το ζώο προσέχει, αλλά ο αναβάτης δείχνει να μην το προσέχει: "Έλα, παλιοκαθίκι, άχρηστε!". Αλλά το άλογο δεν είναι χαζό, και ο Ρούμπεν δεν μπορεί παρά να γελάσει.

Η διασκέδασή του τον εγκαταλείπει αμέσως όταν βλέπει τον αναβάτη να τραβάει το πιστόλι του. Ακούγονται αρκετοί πυροβολισμοί, κανένας από τους οποίους δεν πετυχαίνει το στόχο του, και ο Ρούμπεν βλέπει τον Ινδιάνο να αυξάνει το τρέξιμό του. Κινείται από άκρη σε άκρη με έναν απρόβλεπτο τρόπο. Ο Ρούμπεν καταλαβαίνει ότι αυτός είναι ένας τρόπος να διαταράξει το στόχο του αναβάτη. Και αναρωτιέται, καθώς παρακολουθεί, γιατί ο άγριος δεν σταματά, δεν γυρίζει και δεν πυροβολεί με το τόξο.

Καθώς εστιάζει, βλέπει το γιατί. Ο άγριος δεν έχει βέλη.

Τότε βλέπει ένα πολύ αξιοσημείωτο πράγμα.

Ο Ινδός σταματάει. Γυρίζει και περιμένει, με τα χέρια να κρέμονται στο πλάι του. Τα παράτησε, σκέφτεται ο Ρούμπεν; Αποδέχτηκε τη μοίρα του, παραιτήθηκε από τη μοίρα που τον περιμένει;

Αλλά όχι. Καθώς ο αναβάτης πλησιάζει, ρίχνοντας άγριες, ανακριβείς βολές, ο Ινδιάνος κινείται την τελευταία στιγμή, στρίβει προς τη μία πλευρά, πιάνει τα χαλινάρια και τα τραβάει βίαια προς τα κάτω. Το κεφάλι του αλόγου σπάει στο πλάι, και μια τρομακτική κραυγή βγαίνει από το αφρισμένο στόμα του. Ο αναβάτης χτυπάει με το περίστροφο, που τώρα είναι προφανώς άδειο, αλλά, όπως και ο πυροβολισμός του, είναι άστοχος και ο Ινδιάνος τον αρπάζει από το χέρι και τον γυρίζει στη σέλα. Τώρα και οι τρεις, άλογο, αναβάτης και Ινδιάνος, αρχίζουν έναν μακάβριο χορό, καθώς κινούνται σε στενό κύκλο. Το άλογο κλωτσάει μεγάλες ποσότητες χιονιού σε σκόνη και ο αναβάτης προσπαθεί απεγνωσμένα να απελευθερωθεί. Ο Ινδιάνος καταφέρνει, τελικά, να τραβήξει τον αναβάτη από το άλογο, το οποίο, εκτός ισορροπίας και τρομοκρατημένο, πέφτει κάτω. Ο Ινδιάνος πηδά προς τα πίσω για να αποφύγει τη δίνη των ανθρώπινων και ζωικών άκρων καθώς και οι δύο πέφτουν στο χώμα.

Ο άτυχος καβαλάρης, παγιδευμένος κάτω από τον όγκο του αλόγου του, παλεύει μανιωδώς. Ο Ινδιάνος κινείται σβέλτα, με το μαχαίρι να εμφανίζεται από το πουθενά στο χέρι του. Ο χτυπημένος αναβάτης απλώνει την παλάμη του, και η φωνή του, όταν μιλάει, είναι εύθραυστη από φόβο. "Σας παρακαλώ", λέει, "σας παρακαλώ, όχι!" Αλλά ο Ινδιάνος αγνοεί τις απελπισμένες εκκλήσεις του άντρα. Γρήγορος και αποφασιστικός, βυθίζει τη βαριά λεπίδα στη σάρκα του καβαλάρη, διαπερνώντας το λαιμό του. Ακολουθεί μια έκρηξη πυκνού μαύρου αίματος, αλλά αν αυτό είναι το τέλος, τότε όλοι κάνουν λάθος.

Μέσα από τον λευκό, παγωμένο αέρα, εμφανίζονται κι άλλοι ιππείς, που καλπάζουν προς τα εμπρός, ουρλιάζοντας από οργή, με προτεταμένα όπλα. Οι πυροβολισμοί τους πάνε μακριά, αλλά, καθώς πλησιάζουν, δεν θα αργήσει η στιγμή που η μείωση της εμβέλειας θα έχει ως αποτέλεσμα να χτυπηθεί ο Ινδιάνος. Ο Ρούμπεν, που σκύβει χαμηλά, κλείνει τα μάτια του στην ανησυχητική σκηνή που διαδραματίζεται μπροστά του. Διχάζεται μεταξύ του να παρέμβει ή να παραμείνει απαθής παρατηρητής. Οι ιστορίες αυτών των Ινδιάνων, οι φρικαλεότητες που έχουν διαπράξει, περνούν από το μυαλό του. Αλλά κάτι, η αδικία αυτού που βλέπει, τον κάνει να αντιδράσει. Σηκώνει την καραμπίνα του, με σκοπό να τρομάξει τα άλογα με μια εύστοχη βολή ανάμεσα στις οπλές τους και να τα αναγκάσει να απομακρυνθούν. Αυτό θα μπορούσε να δώσει στον Ινδιάνο την ευκαιρία να τρέξει ή να σταθεί και να δώσει μια δίκαιη μάχη.

Ο Ρούμπεν είναι καλός με το τουφέκι του.

Οι σκίουροι κινούνται γρήγορα και μπορεί να τους χτυπήσει από εκατό βήματα, μερικές φορές και περισσότερο. Και ένα άλογο, είναι πολύ μεγαλύτερο. Μερικές ομοιόμορφα τοποθετημένες βολές στο έδαφος ανάμεσα στις οπλές των ζώων θα τα τρομάξουν, θα ρίξουν τους αναβάτες ίσως, τουλάχιστον θα προκαλέσουν σύγχυση.

Κλείνει το μάτι στην κάννη, παίρνει μια ανάσα, μετράει τον εαυτό του και ρίχνει μια βολή.

Συχνά αναπολεί εκείνη τη στιγμή. Σε ήσυχες στιγμές, μόνος στο κρεβάτι του, τις πρώτες ώρες που είναι τόσο μαύρες, τόσο γεμάτες τρόμο, ξαναζεί κάθε λεπτομέρεια σαν να ήταν πάλι εκεί. Και κάθε φορά η φρίκη δεν μειώνεται ποτέ.

Ο πρώτος πυροβολισμός χτυπάει στο έδαφος εκατοστά μπροστά από το πρώτο άλογο. Ακριβώς όπως ελπίζει, το άλογο ουρλιάζει, ανασηκώνεται και πετάει τον αναβάτη από τη σέλα. Ο Ρούμπεν δεν χρειάζεται να ελέγξει για να καταλάβει ότι ο άντρας χτυπάει στο έδαφος με το κεφάλι με τέτοια δύναμη που σπάει ο λαιμός του. Τα χειρότερα ακολουθούν γρήγορα. Καθώς το σώμα του άντρα χτυπάει στο σκληρό, χτυπημένο χώμα, το όπλο που κρατούσε ακόμα στο χέρι του εκπυρσοκροτεί. Αν φταίει η γωνία ή απλά η μοίρα, ο Ρούμπεν μπορεί μόνο να μαντέψει. Όποιος κι αν είναι ο λόγος, η άστοχη βολή χτυπάει τον αναβάτη που ακολουθεί στο στήθος και πέφτει κι αυτός.

Ο άντρας σπαρταράει για λίγες στιγμές πριν γίνει άκαμπτος, με το ένα παγωμένο χέρι του να απλώνεται προς τα πάνω σαν να προσπαθεί να βρει κάποιο αόρατο μέσο βοήθειας.

Δεν υπάρχει κανένα.

Δύο νεκροί μέσα σε μερικές δεκάδες δευτερόλεπτα.

Οι επιζώντες αναβάτες παλεύουν να ελέγξουν τα άγρια από τον τρόμο άλογα. Απομακρύνονται και, σπρώχνοντας τα άλογά τους στα πλευρά και μαστιγώνοντάς τα με τα χαλινάρια τους, καλπάζουν μέσα σε ένα σύννεφο χιονιού και αρκετού φόβου.

Στέκεται και παρακολουθεί, ο Ρούμπεν προσπαθεί αλλά δεν μπορεί να κουνηθεί. Καθηλωμένος στο σημείο από τον απόλυτο τρόμο, βλέπει τα δύο άλογα χωρίς αναβάτη να κλωτσάνε και να κλωτσάνε καθώς εξαφανίζονται στο βάθος, αφήνοντας τους νεκρούς άνδρες στο έδαφος.

Το τουφέκι γλιστράει από τα δάχτυλα του Ρούμπεν. Δεν αντιδρά. Το στόμα του κρέμεται ανοιχτό, τα μάτια του ανοιγοκλείνουν, προσπαθώντας να συνειδητοποιήσει αυτό που έκανε. Γιατί όλα εξαρτώνται από αυτόν. Η δική του ευθύνη, η τυφλή του βλακεία να καταλήξει σε ένα σχέδιο τόσο κακοσχεδιασμένο που μόνο σε καταστροφή θα μπορούσε να οδηγήσει. Μακάρι να μπορούσε να τρέξει, αλλά δεν έχει δύναμη.

Και τότε κάτι ανήκουστο και αόρατο πιέζει την πλάτη του. Ένα δυνατό χέρι τον πιάνει κάτω από το πηγούνι, ενώ ένα άλλο κρατάει ένα μαχαίρι με βαριά λεπίδα στο λαιμό του.

Ο Ρούμπεν αισθάνεται το στομάχι του να ανατριχιάζει.

Είναι ο Ινδός. Έχει πλησιάσει κρυφά από πίσω του και τώρα είναι έτοιμος να τον σκοτώσει.

Όλες οι δυνάμεις εγκαταλείπουν τα πόδια του Ρούμπεν και αυτός λυγίζει. Αλλά το χέρι του άντρα γλιστράει από το λαιμό του τον πιάνει κάτω από τη μασχάλη του και τον κρατάει όρθιο. Πιέζοντας το αυτί του, μια φωνή με πυκνή προφορά του λέει: "Μη λιποθυμήσεις, αγόρι μου".

Γυρίζει τον Ρούμπεν και τον κοιτάζει επίμονα. Ο Ρούμπεν παρασύρεται από αυτά τα μάτια, υπνωτισμένος από τη στιγμή, τον κίνδυνο. Θέλει να ικετεύσει, να παρακαλέσει για τη ζωή του, να κάνει αυτόν τον άγριο να καταλάβει, αλλά παρόλο που σχηματίζει τις λέξεις στο μυαλό του, τίποτα δεν ξεφεύγει από τα χείλη του. Είναι σαν να έχει χάσει τη δύναμη να μιλήσει. Είναι στο έλεος αυτού του ανθρώπου.

"Γιατί με βοήθησες;"

Το ερώτημα χρήζει απάντησης. Ο Ρούμπεν το γνωρίζει αυτό και παρόλα αυτά δεν μπορεί να βρει καμία εξήγηση. Φοβάται ότι ο άγριος θα χάσει την υπομονή του, θα τον χτυπήσει, θα τον πλακώσει στο έδαφος.

"Είσαι μουγγός;" Ο Ινδιάνος γέρνει το κεφάλι του. "Μη φοβάσαι. Μου έσωσες τη ζωή. Δεν πρόκειται να σου κάνω κακό. Αλλά αν είσαι μουγγός ... Δώσε μου ένα σημάδι".

Αυτός ο άγριος δεν είναι ηλίθιος, δεν είναι αδέξιος απλοϊκός, αλλά ένας στοχαστής, ένας άνθρωπος που καταλαβαίνει.

Ο Ρούμπεν καθαρίζει το λαιμό του, μια τεράστια προσπάθεια, καθώς πιστεύει ότι οποιαδήποτε κίνηση ή αντίδραση θα ενεργοποιήσει τον άγριο σε δράση. Έτσι, περιμένει και σιγά σιγά τα χείλη του ανοίγουν. "Δεν... δεν ήθελα να σκοτώσω κανέναν".

"Είμαι σίγουρος γι' αυτό, νεαρέ μου φίλε. Αλλά εσύ έχεις. Αυτό σημαίνει ότι θα επιστρέψουν. Περισσότεροι από αυτούς. Θα επιστρέψουν και θα μας κυνηγήσουν, και τους δυο μας. Έτσι, πρέπει να φύγουμε από αυτό το μέρος, να διασχίσουμε τη χώρα και να βρούμε κάπου να κρυφτούμε. Δεν μπορώ να επιστρέψω στο χωριό μου - αυτό θα έφερνε κίνδυνο για τα γυναικόπαιδα εκεί. Έτσι, πρέπει να φύγουμε, μόνοι μας. Πάρε το τουφέκι σου και έλα μαζί μου. Το όνομά μου είναι Καφέ Αρκούδα".

"Είμαι ο Ρούμπεν. Ρούμπεν Κόουλ".

"Έτσι λοιπόν, Ρούμπεν. Πρέπει να φύγουμε".

"Έχω τη Νόρα. Θα μπορούσαμε να την καβαλήσουμε και οι δύο".

"Αυτή η γκρίνια;"

"Μπορεί να είναι γριά, αλλά είναι παιχνίδι."

"Σε εμπιστεύομαι. Δεν έχω πολλές επιλογές. Μου έδωσες το δώρο της ζωής".

Ο Ρούμπεν παίρνει τη Νόρα και σηκώνεται προσεκτικά στη σέλα. Απλώνει το χέρι του και σηκώνει τον νέο του φίλο να καθίσει πίσω του. Ο Ρούμπεν είναι νέος. Ο φόβος και η αβεβαιότητα τον αναγκάζουν να προχωρήσει. Προσεύχεται σιωπηλά ότι κάτι παρόμοιο θα κρατήσει τη δύναμη στα κουρασμένα πόδια της Νόρα.

Οδηγούν με σταθερό ρυθμό, με τον Ρούμπεν να έχει υπόψη του την ηλικία της Νόρα. Είναι ακόμα δυνατή, αλλά δυσκολεύεται κάτω από το βάρος δύο αναβατών. Έτσι, ο Ρούμπεν της φέρεται απαλά, χωρίς ποτέ να την πιέζει όταν μερικές φορές παραπαίει. Ακόμα κι έτσι, καλύπτουν μια μεγάλη απόσταση πριν η Καφέ Αρκούδα, στρίβοντας για να κοιτάξει την απόσταση πίσω τους, σφυρίξει. "Βλέπω σημάδια ιππέων που τους καταδιώκουν."

Χωρίς να πει λέξη, ο Ρούμπεν στρίβει προς τα αριστερά και κατευθύνεται προς μια μεγάλη συστάδα βράχων. Μερικοί είναι τεράστιοι και είναι πολύ μεγάλοι για να σκαρφαλώσουν, άλλοι όμως τους προσφέρουν αρκετή κάλυψη για να κρυφτούν, και ο Ρούμπεν κατευθύνεται προς αυτούς. Αφού κατέβηκε από το άλογο, παίρνει τη Νόρα πολύ μακριά από τα μάτια τους. Την κουτσαίνει, γνωρίζοντας ότι τυχόν εκπλήξεις θα μπορούσαν να την τρομάξουν και να την αναγκάσουν να το σκάσει.

"Το κάνεις σαν να το έχεις συνηθίσει", λέει ο Ινδός. Βρίσκεται πίσω από έναν μεγάλο ογκόλιθο και μιμείται ότι καρφώνει ένα βέλος. Δεν έχει κανένα και, σαν να θέλει να δώσει βαρύτητα στο γεγονός αυτό, κουνάει το κεφάλι του και κατεβάζει το στόμα του σε σοβαρή περισυλλογή. "Αν φτάσουμε σε μάχη, δεν θα επικρατήσουμε. Εσύ με το μονόκαννο σκιουροβόλο όπλο σου κι εγώ ... ούτε ένα βέλος".

"Το καλύτερο *που* έχουμε να κάνουμε είναι να μείνουμε κρυμμένοι. Ακίνητοι και ήσυχοι, μέχρι να *περάσουν*. Τότε θα μπορούσαμε να γυρίσουμε *πίσω*, να τους μπερδέψουμε διασκορπίζοντας τα ίχνη μας".

Ο Ινδιάνος κοιτάζει με μεγάλα μάτια τον Ρούμπεν και κουνάει το κεφάλι του. "Πόσο χρονών είσαι;"

"Σχεδόν δεκαπέντε."

"Μιλάς με το μυαλό κάποιου με διπλάσια ηλικία. Χαίρομαι που γνωριστήκαμε."

"Θα με συγχωρήσετε αν διστάζω να μοιραστώ αυτή τη σκέψη".

Ο Ινδιάνος καγχάζει *πριν* ρίξει μια ματιά από τον ογκόλιθο *πίσω* από τον οποίο βρίσκουν καταφύγιο και οι δύο. "Κινούνται *προς* τα ανατολικά. Δεν είναι ιχνηλάτες".

Τώρα είναι η σειρά του Ρούμπεν να γελάσει. "Ακούγεσαι σαν λευκός με τον τρόπο που μιλάς".

"Έχω ζήσει με τον λαό σας για *πολλά* χρόνια. Έχω *παρακολουθήσει* τον στρατό *πού* και *πού*, έχω βγάλει αρκετά χρήματα για να ανταλλάξω τρόφιμα και εξοπλισμό για να βοηθήσω την οικογένειά μου".

"Έκανες *παρακολούθηση* για τον στρατό; Πότε ήταν αυτό;"

"Πριν *από* μερικά χρόνια. Τα *πράγματα* αλλάζουν, καθώς οι άνθρωποι σκέφτονται λιγότερο τις επιθέσεις των Ινδιάνων και περισσότερο την απειλή να *πολεμήσουν* μεταξύ τους".

"Έχω ακούσει ότι υπάρχουν διαφωνίες μεταξύ ορισμένων κρατών και της κυβέρνησης. Δεν ξέρω πολλά, μόνο ό,τι μου λέει ο μπαμπάς. Λέει ότι δεν ανησυχεί, καθώς αμφιβάλλει ότι αν έρθουν οι μάχες δεν θα εξαπλωθούν εδώ".

"Μπορεί να έχει δίκιο. Το ελπίζω".

"Νομίζεις ότι θα είναι κακό, αν γίνει καυγάς;"

"Νομίζω ότι θα είναι πολύ άσχημα." Βυθίζεται πίσω από τον ογκόλιθο για άλλη μια φορά και τεντώνει τα πόδια του. "Θα πρέπει να περιμένουμε μέχρι να νυχτώσει και μετά να επιστρέψουμε από τον δρόμο που ήρθαμε". Κλείνει το μάτι. "Όπως πρότεινες, σοφέ μου φίλε."

Ο Ρούμπεν αναστενάζει. "Θα μπορούσαμε να προσπαθήσουμε να επιστρέψουμε στο ράντσο της οικογένειάς μου. Κανείς δεν θα σκεφτεί να πάει εκεί".

"Αυτό μπορεί να μην είναι και τόσο καλή ιδέα".

"Γιατί αυτό; Επειδή είσαι Ινδιάνος;"

"Θα προτιμούσαν τη λέξη άγριος, είμαι σίγουρος".

"Τότε κάνεις λάθος. Ο μπαμπάς πολέμησε στον πόλεμο του Μεξικού. Μου είπε ότι έμαθε πολλά για τον αμοιβαίο σεβασμό και την ανεκτικότητα κατά τη διάρκεια εκείνων των χρόνων".

"Και αυτά τα μαθήματα τα έχει περάσει σε σένα".

"Έτσι θέλω να πιστεύω".

"Το ξέρω, νεαρέ φίλε." Γυρίζει το καπέλο του πάνω από τα μάτια του και ηρεμεί.

Ο Ρούμπεν τον παρακολουθεί για αρκετή ώρα πριν ξαπλώσει και αυτός, κλείσει τα μάτια του και αποκοιμηθεί.

Είναι το πρωί της κηδείας. Όλοι όσοι είναι κάποιοι είναι εκεί, με τον μπαμπά να μοιάζει σαν να έχει παγώσει, είναι τόσο άκαμπτος. Ο γιατρός Μίλερ είναι κοντά, με το πρόσωπό του γεμάτο ανησυχία, και ο Χέντερσον επίσης, με το αιώνιο κερασάκι σφιγμένο στη γωνία του στόματός του. Ο Χέντερσον φοράει όπλο και αναρωτιέμαι γι' αυτό. Γιατί φοράει όπλο μια τέτοια μέρα, στην κηδεία της μαμάς; Η Ντέιζι, η μαγείρισσα μας, είναι επίσης εκεί, κλαίει ασταμάτητα με τον άντρα της, τον Ρόλες, να την κρατάει σφιχτά. Ο Ρόλες είναι ένας τεράστιος άντρας. Αναλαμβάνει όλες τις δουλειές του σπιτιού, καθαρίζει, επισκευάζει, ό,τι του λέει ο μπαμπάς. Δεν τον έχω ακούσει ποτέ να παραπονιέται, αλλά από την άλλη, δεν τον ακούω σχεδόν ποτέ να μιλάει καθόλου. Η σημερινή μέρα δεν αποτελεί εξαίρεση, εκτός από τα χαρακτηριστικά του προσώπου του που είναι τσαλακωμένα από θλίψη.

Στη συνέχεια, υπάρχει ο Benny Bean. Δεν είμαι σίγουρος αν αυτό είναι το πραγματικό του όνομα, αλλά έτσι τον φωνάζω επειδή είναι ψηλός και λεπτός, σαν φασόλι. Πιστεύω, ωστόσο, ότι το μικρό του όνομα είναι Μπένι. Επισκεπτόταν τη μαμά κάθε μέρα όταν ήταν στο κρεβάτι της, και θυμάμαι ότι την επισκεπτόταν και πιο πριν, κυρίως όταν ο μπαμπάς ήταν στο πεδίο βολής. Αυτό δεν με ενοχλούσε τότε γιατί δεν ήξερα σωστά τι σήμαινε, αλλά τώρα είμαι μεγαλύτερος και αρχίζω να βλέπω τα πράγματα πολύ πιο καθαρά απ' ό,τι παλιά. Ο Μπένι είναι πιο αναστατωμένος από όλους, ακόμη και από την Ντέιζι. Τα δάκρυα κυλούν ανεξέλεγκτα στο πρόσωπό του. Φοράει ένα μαύρο παλτό και ένα ριγέ παντελόνι που μπαίνει μέσα σε ψηλές μαύρες μπότες ιππασίας. Φοράει μια λεπτή γραβάτα με κορδόνι και ένα λευκό πουκάμισο. Κρατάει το μαύρο καπέλο που κανονικά θα καθόταν στο κεφάλι του, ένα κεφάλι που καλύπτεται από σιδερένια γκρίζα μαλλιά. Αν κάποιος αναρωτιόταν ποιος ήταν, θα έλεγε μάλλον ότι ήταν ο νεκροθάφτης. Αλλά δεν είναι. Είναι ο εραστής της μαμάς μου. Το ξέρω αυτό τώρα. Αν το ήξερα νωρίτερα, δεν ξέρω τι θα έκανα. Η μαμά ήταν *πάντα* ευτυχισμένη με την παρέα του. Ποτέ δεν ήταν με τον μπαμπά.

Αλλά ο μπαμπάς είναι καλός άνθρωπος. Μπορώ να δω τα δάκρυα να τρέχουν στα μάτια του καθώς ο ιεροκήρυκας, ένας λεπτός σκελετωμένος άντρας με το όνομα Χότσπορ, φτάνει στο τέλος της *προσευχής* του. Κάποιος κάπου βογκάει και ψάχνω τα *πρόσωπα* για να βρω ποιος, αλλά δεν μπορώ. Υπάρχουν τόσοι *πολλοί* άνθρωποι εδώ. Ίσως εκατό. Είναι μια κρύα μέρα, δόξα τω Θεώ, γιατί εδώ έξω, εκτεθειμένος στα στοιχεία της φύσης όπως είσαι εσύ, ο ήλιος θα μπορούσε να σου ανοίξει το κεφάλι σαν αυγό. Ίσως ο Θεός είναι με το μέρος μας, αν και συχνά το αμφισβητώ. Ειδικά τώρα, με τη μαμά να πηγαίνει όπως πήγε. Κάποιος είπε ότι ήταν οστρακιά, κάποιος άλλος ότι ήταν ευλογιά. Ανάθεμα αν ξέρω. Το μόνο *που* ξέρω είναι ότι πέθανε, και υποθέτω ότι ήταν ένα είδος τιμωρίας για τον τρόπο με τον οποίο συνέχιζε. Αναρωτιέμαι αν ο μπαμπάς ήξερε τίποτα απ' όλα αυτά; Ρίχνω μια ματιά *προς* το μέρος του. Είμαστε μόνο εγώ και ο μπαμπάς τώρα, και ο μπαμπάς με φοβίζει. Ο τρόπος που μπορεί να είναι τόσο απόμακρος. Τόσο ψυχρός. Δεν νομίζω ότι μπορώ να θυμηθώ *ποτέ* μια φορά *που* με κράτησε κοντά του, που με παρηγόρησε. Όχι όπως η μαμά, που ήταν *πάντα* εκεί με αυτό το υπέροχο, ζεστό χαμόγελο. Ένα χαμόγελο *που* άντεξε, ακόμα και όταν ο Μπένι μπήκε στη ζωή της.

Γίνεται συμπλοκή. Μια ξαφνιασμένη κραυγή ακούγεται. Κοιτάζω ψηλά και ο μπαμπάς *παλεύει* με τον Μπένι και πέφτουν στο έδαφος. Προχωρώ προς τα εμπρός και βλέπω τον Χέντερσον να τραβάει το όπλο του. Κι άλλοι άνθρωποι φωνάζουν και ουρλιάζουν, η συγκέντρωση διαλύεται. Δεν θα έπρεπε να είναι έτσι τα πράγματα. Όχι εδώ, όχι τώρα, με τη Μα ούτε καν στο έδαφος.

"Για όνομα του Θεού, σταμάτα!"

Ανασαίνω. Είμαι εγώ που φωνάζω. Η φωνή μου ακούγεται τόσο έντονη, τόσο θυμωμένη, και όλοι κοιτάζουν. Ο Μπένι παλεύει να σηκωθεί στα πόδια του, χτυπώντας τη σκόνη από το άψογα σιδερωμένο παλτό του. Τότε ακούγεται το κλικ του όπλου του Χέντερσον καθώς η σφύρα οπλίζεται. Τα μάτια μου ζουμάρουν στην κάννη καθώς καταπίνει όλη τη γη είναι τόσο μεγάλη. Θα ανοίξει μια τεράστια τρύπα στη ζωή μου και θα βάλει τέλος στη ζωή του Μπένι.

Πώς θα μπορούσε να φτάσει σε αυτό το σημείο;

Φωνάζω "Όχι!" αλλά ξέρω ότι είναι πολύ αργά και το μεγάλο όπλο εκρήγνυται.

———

Ο Ρούμπεν σηκώνεται, με την κραυγή να ξεψυχά στα χείλη του. Ιδρωμένος βλέπει την Καφέ Αρκούδα να μαζεύει τα πράγματά της, και η κανονικότητα της σκηνής ξυπνάει τον Ρούμπεν. Διώχνει τη φρίκη του εφιάλτη του στο πίσω μέρος του μυαλού του, σηκώνεται, χασμουριέται και τεντώνεται σαν γάτα, βογκώντας από την ευχαρίστηση. Σφίγγοντας τα χείλη του, δέχεται με ευγνωμοσύνη το παγούρι με το νερό που του πρόσφερε η Καφέ Αρκούδα. "Ονειρευόσουν".

"Ναι."

"Φωνάζοντας. Δεν ήξερα αν έπρεπε να σε ξυπνήσω. Ποιος είναι ο Μπένι Μπιν;"

Ο Ρούμπεν ανασηκώνει τους ώμους. Δεν θέλει να ασχοληθεί με αυτά τώρα. Πίνει, σκουπίζει το στόμα του με το *πίσω μέρος* του χεριού του και αναγκάζεται να χαμογελάσει. "Πόση ώρα κοιμηθήκαμε;"

"Μια ώρα, ίσως δύο. Εσύ, *πολύ περισσότερο*".

"Τι, με άφησες να κοιμηθώ αφού είχες ξυπνήσει;"

"Χρειαζόσουν ξεκούραση". Γέρνει το λαιμό του για να δει τον ουρανό. "Σύντομα θα βραδιάσει. Μια καλή στιγμή για να κινηθούμε."

Σιωπηλά ετοιμάζουν τα *πράγματά* τους, φορτώνοντας τη Νόρα, η οποία κοίταξε με αυτά τα τεράστια, λαμπερά καστανά μάτια τον Ρούμπεν σαν να έλεγε: "Σε *παρακαλώ*, φέρσου μου ευγενικά, ευγενικέ αφέντη".

"Τι σκέφτεσαι;" ρωτάει η Καφέ Αρκούδα, με ένα λεπτό χαμόγελο στο καφέ, βαθιά χαραγμένο πρόσωπό της.

"Πώς τα ζώα δεν *παραπονιούνται ποτέ*. Απλά συνεχίζουν τη ζωή τους". Κουνάει το κεφάλι του. "Μακάρι να μπορούσα να είμαι έτσι μερικές φορές."

"Μόνο μερικές φορές;" Αναστενάζει και στρέφει το *πρόσωπό* του *προς* τον ορίζοντα. "Πόσο μακριά είναι το ράντσο σου;"

"Μισή μέρα, αλλά με τη Νόρα φορτωμένη με τους δυο μας, ίσως και *περισσότερο*".

"Θα ήταν ανόητο να την *πιέσουμε πολύ*".

"Με αυτά τα δεδομένα, θα *πρέπει* να είμαστε εκεί αύριο αργά το απόγευμα, υπολογίζω".

"Ίσως ο πατέρας σου να μη με καλωσορίσει".

"Σας έχω ήδη *πει* - είναι ανεκτικός, με κατανόηση. Είναι ένας διακριτικός άνθρωπος."

Ένα χαμόγελο. Η Καφέ Αρκούδα κάνει νόημα στον Ρούμπεν να ανέβει και σύντομα διασχίζουν την απεραντοσύνη της χιονισμένης πεδιάδας, που φωτίζεται μόνο από την αναπτυσσόμενη λάμψη των αστεριών.

ΚΕΦΑΛΑΙΟ ΤΡΙΑ

"Είναι καλά."

Είναι ακόμα πρωί, ο αέρας είναι τραγανός, δεν ακούγεται πουθενά ούτε ένας ήχος. Έχουν περάσει όλη τη νύχτα και τώρα απέχουν περίπου μια ώρα από το ράντσο. Η καφέ αρκούδα είναι γονατισμένη, διαβάζοντας τα σημάδια στη γη. "Έχουν κινηθεί πίσω μας".

Κατά τη διάρκεια των πρώτων πρωινών ωρών, έχει ήδη αρχίσει να δείχνει στον Ρούμπεν πώς να διαβάζει διάφορα σημάδια. Στοιχειώδη πράγματα, αλλά αποκαλυπτικά για τον Ρούμπεν που δεν ήξερε τίποτα για τη σημασία ενός σπασμένου κομματιού φραγκοσυκιάς, ενός μικρού αποτυπώματος στο έδαφος. Τώρα, καθισμένος καβάλα στην πιστή του Νόρα, ο Ρούμπεν νιώθει το στομάχι του να γέρνει καθώς γεμίζει το όπλο του με τον σκίουρο, ενώ μελετά τη σοβαρή έκφραση της Καφέ Αρκούδας. Το όπλο έχει βέλτιστη εμβέλεια είκοσι βήματα στην καλύτερη περίπτωση. Χρειάζεται όλο του το θάρρος και τις ικανότητές του, αν πρόκειται να κάνει κάθε βολή του να φαίνεται. Καταπίνει δυνατά. "Πώς είναι δυνατόν;"

"Κάποιος από την ομάδα τους είναι ιχνηλάτης".

Σηκώνεται όρθιος, πιέζει τα χέρια του στην πλάτη του και τεντώνεται. "Θα μας στήσουν ενέδρα, ίσως από εκεί." Δείχνει προς μια έκταση με καλαμιές ανακατεμένες με γυαλιστερές προεξοχές βράχων. "Δεν βλέπω κανένα άλλο μέρος από όπου θα μπορούσαν να εξαπολύσουν επίθεση".

"Πόσοι από αυτούς;"

"Αρκετά."

Ο Ρούμπεν αναστενάζει. "Λοιπόν, τι κάνουμε;"

"Καβαλάμε προς τα ανατολικά. Ίσως μια ή δύο ώρες μακριά υπάρχει το ποτάμι. Αν καταφέρουμε να φτάσουμε εκεί, να βρούμε κάπου να κρυφτούμε, ίσως έχουμε μια ευκαιρία. Μια μικρή πιθανότητα, αλλά καλύτερη από το να είμαστε εδώ έξω στα ανοιχτά".

"Αλλά αν ξεφύγουν από την κάλυψη και μας κυνηγήσουν, θα μας κυνηγήσουν. Η Νόρα δεν μπορεί να τους ξεπεράσει. Θα είμαστε νεκροί".

"Δεν έχουμε άλλη επιλογή, νεαρέ φίλε. Θα πεθάνουμε έτσι κι αλλιώς".

"Ξέρω αυτή τη γη", είπε ο Ρούμπεν, σφίγγοντας το σαγόνι του, "και πριν φτάσουμε στο ποτάμι υπάρχει η καλύβα της γριάς Μα Γκρέισι. Μπορούμε να σταθούμε εκεί".

"Πόσο μακριά;"

"Δύσκολο να πω με βεβαιότητα, αλλά πιο κοντά από οτιδήποτε άλλο".

"Θα βοηθήσει;"

"Ποιος; Η μαμά Γκρέισι;" Ο Ρούμπεν γελάει παρά την κατάσταση. "Πέθανε κατά τη διάρκεια της Επανάστασης, έτσι μου είπε ο μπαμπάς! Η καλύβα της είναι ένα ερείπιο, χωρίς στέγη. Πιθανότατα θα είναι γεμάτη κογιότ ή ρακούν, αλλά είναι το καλύτερο που μπορούμε να κάνουμε." Νομίζω όμως ότι πρέπει να περπατήσουμε, όχι να κάνουμε ότι ξέρουμε ότι μας περιμένουν. Μπορεί να μας παρακολουθούν και θα δουν τη σκόνη που θα σηκώσει η Νόρα αν καλπάσει".

"Είσαι σοφότερος από την ηλικία σου, φίλε μου. Αν τα καταφέρουμε, θα σου διδάξω κάθε δεξιότητα που ξέρω, από το να επιβιώνεις εδώ στην έρημο μέχρι να εντοπίζεις τους εχθρούς σου. Ή ακόμα και τους φίλους σου!"

Αυτό θα ήταν καλό να το ξέρει, σκέφτεται ο Ρούμπεν καθώς πέφτει από τη σέλα, χαϊδεύει τη μύτη της Νόρα και παίρνει τα χαλινάρια στο χέρι του. "Ευχαριστώ", λέει και ξεκινάει αργά το ταξίδι μέσα στο ανοιχτό έδαφος προς την καλύβα της γριάς Μα Γκρέισι.

Κανείς από τους δύο δεν τολμά να κοιτάξει προς τα εκεί που στέκονται τόσο ζοφερά και σιωπηλά οι γκρίζες και οι ογκόλιθοι. Και οι δύο ξέρουν τι τους περιμένει εκεί. Ο Ρούμπεν δεν βλέπει κανένα ίχνος τους, αλλά εμπιστεύεται τον Ινδιάνο φίλο του. Αφήνοντας το βλέμμα του προς τη νέα διαδρομή που έχει επιλέξει, ο βηματισμός του είναι σταθερός και η φωνή του χαμηλή καθώς μιλάει. "Πες μου, καφέ αρκούδα, ποια είναι η φυλή σου".

"Η φυλή μου;"

"Συγγνώμη, είναι προσβλητικό αυτό που ρωτάω; Ποτέ δεν έχω ... Συγγνώμη, η εμπειρία μου στη ζωή δεν επεκτείνεται στο να γνωρίζω πολλά για τους Ινδιάνους".

"Ο λαός μου θα ονομαζόταν Shoshone. Ζούμε σε μικρές οικογενειακές ομάδες και κάνουμε εμπόριο με τους λευκούς εποίκους στα βορειοδυτικά από εδώ. Κατά τη διάρκεια ενός τέτοιου εμπορίου συνέβησαν για πρώτη φορά τα προβλήματα".

"Προβλήματα με εκείνους τους άνδρες που προσπαθούσαν να σε σκοτώσουν;"

Η καφέ αρκούδα γνέφει. "Στην αρχή φάνηκαν

αρκετά λογικοί. Είχα δέρματα βουβαλιών και σάρκες και έψαχνα για καλαμπόκι και κολοκύθια για να τα ανταλλάξω. Συνήθως, τέτοια πράγματα είναι τυπικά. Πολλοί από αυτούς με τους οποίους έκανα εμπόριο ήταν γνωστοί μου και οι επισκέψεις μου ήταν ευπρόσδεκτες. Αλλά αυτή τη φορά τα πράγματα είχαν αλλάξει. Αυτοί οι άνδρες ήταν διαφορετικοί. Το φρούριο στο οποίο πήγαινα πάντα δεν ήταν πλέον εκεί. Λοιπόν, το κτίριο ήταν εκεί, τα τείχη, οι πύργοι, αλλά οι στρατιώτες είχαν φύγει. Αριστερά. Υποθέτω ότι πρέπει να τους κάλεσαν μακριά λόγω των γεγονότων που συμβαίνουν ανατολικά. Άφησαν πίσω τους μια ομάδα ανδρών που ήταν μπερδεμένοι, χαμένοι, εγκαταλελειμμένοι. Απελπισμένοι ακόμα και. Άνδρες που ήταν περιπλανώμενοι- άνδρες που αγνοούσαν τους κανόνες".

"Κανόνες; Ο μπαμπάς πάντα μου έλεγε ότι δεν υπάρχουν κανόνες εδώ έξω, και σίγουρα όχι στις Περιοχές".

"Όχι επίσημοι κανόνες, περισσότερο ανομολόγητοι. Αυτοί που είχαν επιτρέψει στη ζωή μας να συνεχιστεί απρόσκοπτα και χωρίς κινδύνους. Αλλά αυτοί οι νέοι άνθρωποι, γιατί αυτό ήταν, δεν είχαν κανένα σεβασμό για τους αποδεκτούς τρόπους. Σχεδόν αμέσως μόλις έφτασα στο φρούριο με το φορτωμένο μουλάρι να με ακολουθεί, με έβριζαν και με μάλωναν. Με αποκαλούσαν με ονόματα που είχα ακούσει ξανά, αλλά ποτέ δεν απευθύνονταν σε μένα. Κάποιοι από αυτούς με αποκάλεσαν "δολοφόνο Κομάντσο" και έκανα ό,τι μπορούσα για να μην κοιτάξω και να μην ακούσω. Αλλά αυτό γινόταν όλο και πιο δύσκολο, όταν στριμώχνονταν πάνω μου. Έξι από αυτούς. Σκληροί άντρες με μαύρα, γεμάτα μίσος μάτια. Ο κόσμος έχει αλλάξει, νεαρέ μου φίλε, και δεν νομίζω ότι θα ξαναγίνει όπως ήταν για *πολλά, πολλά χρόνια*".

"Αλλά γιατί να πάνε τέτοιοι άνθρωποι σε εκείνο το φρούριο; Τι έκαναν εκεί αν δεν ήθελαν να κάνουν εμπόριο μαζί σας;"

"*Πιστεύω ότι έφευγαν από τα προβλήματα που αναπτύσσονταν στην πατρίδα τους. Έχω γνωρίσει πολλούς τέτοιους ανθρώπους, δειλούς, απελπισμένους, ανθρώπους που η μόνη τους πίστη είναι η απληστία τους. Εκεί που πολλοί βλέπουν σύγχυση και κίνδυνο, άλλοι βλέπουν ευκαιρίες. Αυτοί οι άνδρες, ήταν κλέφτες. Μέσα σε λίγα λεπτά από την άφιξή μου, τράβηξαν τα όπλα τους, με τράβηξαν από το άλογό μου, και άρχισαν να ξεγυμνώνουν το μουλάρι μου από τα δέρματα των βουβαλιών. Καθώς προσπαθούσα με κάθε τρόπο να τους εμποδίσω, με χτύπησαν, πρώτα στην κοιλιά και μετά στο πίσω μέρος του κεφαλιού μου. Με κλώτσησαν καθώς ήμουν ξαπλωμένος στο έδαφος, με τις βαριές μπότες τους να μπαίνουν βαθιά και δυνατά στο πλευρό μου. Ήξερα ότι δεν είχα πολλές πιθανότητες να σταματήσω τίποτα από αυτά, αλλά όταν ένας από αυτούς με έπιασε από το λαιμό και με τράβηξε στα πόδια μου, αντεπιτέθηκα. Συνδέθηκα με τη βουβωνική χώρα του και καθώς έπεσε, του πήρα το όπλο. Ενήργησα γρήγορα και ανόητα, γιατί ακόμα και όταν τους διέταξα να απομακρυνθούν, ήξερα ότι ήταν πάρα πολλοί. Γέλασαν, κοροϊδεύοντάς με, και εκείνη τη στιγμή όλη μου η δύναμη με εγκατέλειψε. Κατέβασα το χέρι μου και ένας, ο άνθρωπος που πυροβολήσατε νομίζω, έδιωξε το όπλο και μετά με χτύπησε με τέτοιο χτύπημα στο πλάι του κεφαλιού μου που ένιωσα ότι κατέβαινα σε έναν φρικτό, στροβιλισμένο μαύρο λάκκο. Μέχρι να συνέλθω, όλα είχαν χαθεί*".

"Έκλεψαν τα δέρματα σας, τα εμπορεύματα σας;"

"Τα πάντα. Ακόμα και το μουλάρι και το άλογό μου".

"Τι έκανες;"

"Περίμενα μέχρι το σούρουπο. Έπιναν σε ένα διαλυμένο σαλούν. Τους άκουγα, και άλλους, να γελάνε και να τραγουδούν, μεθυσμένοι από το ουίσκι τους. Βρήκα το άλογό μου, αλλά το μουλάρι μου... Είχαν σκοτώσει το μουλάρι μου. Αναμφίβολα τους κλώτσησε καθώς προσπαθούσαν να το ξεφορτωθούν. Ήταν πάντα ζωηρός και είχα μάθει να του φέρομαι με προσοχή. Αλλά τώρα κείτονταν εκεί, με τα μάτια του ορθάνοιχτα, το αίμα μαύρο γύρω από το κεφάλι του".

Έπεσε σε σιωπή και ο Ρούμπεν τον μελέτησε. Η αγάπη αυτού του ανθρώπου για το ζώο του ήταν βαθιά, γεγονός που ο Ρούμπεν βρήκε όχι μόνο συγκινητικό αλλά και ταπεινωτικό. Η ιδέα ότι ένας τέτοιος άνθρωπος θα μπορούσε να χαρακτηριστεί "άγριος" δεν θα σκεφτόταν ποτέ ξανά, όσον αφορά τον ίδιο.

Μετά από μερικές στιγμές, η Καφέ Αρκούδα πήρε μια ανατριχιαστική ανάσα. "Τα δέρματα είχαν φύγει, φυσικά, αλλά το ρολό της κουβέρτας μου, η φαρέτρα μου και το τόξο μου ήταν ακόμα εκεί. Δεν περίμενα, αλλά ανέβηκα στην πλάτη του αλόγου μου και το οδήγησα απαλά μακριά".

"Αλλά σε πρόλαβαν".

"Πιο γρήγορα απ' ό,τι νόμιζα. Πυροβόλησαν το άλογό μου από κάτω μου ... τα υπόλοιπα τα ξέρετε".

"Μα σου έκλεψαν τα αγαθά σου! Με ποιο δικαίωμα σε κυνηγούσαν σαν ... σαν δεν ξέρω τι, επειδή κάθε ζώο έχει περισσότερη χάρη και ευσέβεια από ό,τι φαίνεται να έχουν αυτοί;"

"Ευσέβεια; Πιστεύεις στο Μεγάλο Πνεύμα, φίλε μου;"

"Μεγάλο Πνεύμα; Δεν είμαι σίγουρος ότι ξέρω τι σημαίνει αυτό".

"Νομίζω ότι σημαίνει το ίδιο πράγμα με τον θεό σου".

Ο Ρούμπεν δεν ήξερε τι να σκεφτεί. Η ιστορία της Καφέ Αρκούδας τα έφερε όλα πίσω - τη δολοφονία, τυχαία ή όχι - αυτών των ανδρών. Ανατρίχιασε καθώς οι εικόνες περνούσαν από το μυαλό του. Ήταν δεκατεσσάρων ετών, ένας δολοφόνος ανδρών. Πώς θα μπορούσε ποτέ να ξεπεράσει αυτό το γεγονός;

ΚΕΦΑΛΑΙΟ ΤΕΣΣΕΡΑ

Θα μάθαινα πολύ αργότερα ότι ο μπαμπάς είχε τρελαθεί από την ανησυχία του για το πού είχα φτάσει.

Καθώς εγώ και η Καφέ Αρκούδα διασχίζαμε τις πεδιάδες, ο μπαμπάς περπατούσε στο γραφείο του, στριφογυρίζοντας τα παλιά, ταλαιπωρημένα δερμάτινα γάντια του ανάμεσα στα δάχτυλά του, με τον γέρο Λανς, το αφεντικό του λιβαδιού, και τον Χέντερσον, τον προσωπικό του βοηθό (ποτέ δεν ανακάλυψα τι έκανε), να τον κοιτάζουν, μασουλώντας το άναμμα της τσίχλας που δεν έδειχνε να λείπει ποτέ.

"Έχει ξαναβγεί", είχε πει ο Λανς.

"Ποτέ όλη τη νύχτα! Είναι δεκατεσσάρων ετών".

"Είναι σκληρός", είχε προσθέσει ο Henderson.

"Σκληρός ή όχι, είναι μόνος του εκεί έξω. Οτιδήποτε θα μπορούσε να του συμβεί."

"Λοιπόν, τι θέλεις να κάνουμε, αφεντικό;" είχε ρωτήσει ο Λανς.

"Δεν μπορώ να αφήσω την Γκουίνεθ. Όχι τώρα που είναι τόσο ... τόσο κοντά στο τέλος και όλα αυτά".

"Το καταλαβαίνω αυτό." Ο Λανς πήρε μια

μεγάλη ανάσα, αντικατέστησε το καπέλο του, εξομαλύνοντας το γείσο. "Θα βγω έξω με μερικά από τα αγόρια. Ξέρουμε περίπου την κατεύθυνση που πήρε και σύντομα θα βρούμε τα ίχνη του. Προσπαθήστε να μην ανησυχείτε. Θα τον φέρουμε σπίτι".

Ο μπαμπάς είχε πέσει στην καρέκλα του, κοιτάζοντας το κενό, με μάτια βρεγμένα από τα δάκρυα. "Το εκτιμώ αυτό, Λανς. Είναι μια δύσκολη στιγμή για όλους μας".

"Πιθανώς ο λόγος για τον οποίο το αγόρι βγήκε έξω", πρόσθεσε ο Χέντερσον, γυρίζοντας το πούρο από τη μια γωνία του στόματός του στην άλλη. "Όλοι αντιδρούμε με διαφορετικό τρόπο".

Ο Λανς έσκυψε ελαφρά το κεφάλι του και έφυγε, με τα σπιρούνια του να κελαηδούν καθώς διέσχιζε το ξύλινο πάτωμα.

"Θα του σπάσω τα μούτρα όταν τον φέρουν πίσω", είπε ο πατέρας μου με σφιγμένα δόντια. "Να βγαίνεις έξω τέτοια ώρα..."

"Το αγόρι δεν ξέρει πώς να το αντιμετωπίσει. Ούτε κι εσύ, Σαούλ. Πρέπει να ξεκουραστείς, να κοιμηθείς λίγο αν μπορείς. Τα νεύρα σου έχουν γίνει κομμάτια".

"Πώς υποτίθεται ότι θα κοιμηθώ τέτοια ώρα;"

"Δοκίμασε. Θα πάω στον γιατρό Μίλερ να σου φέρω μια σκόνη ή κάτι τέτοιο".

"Δεν χρειάζομαι καμιά καταραμένη σκόνη- θέλω πίσω τη γυναίκα μου και το αγόρι μου".

"Ακόμα κι έτσι, θα πάω να επισκεφτώ τον γιατρό. Ηρέμησε μέχρι να επιστρέψω".

Ο Χέντερσον είχε γυρίσει να φύγει όταν ο μπαμπάς φώναξε: "Πιστεύεις ότι θα είναι εντάξει; Υπάρχουν Ινδιάνοι εκεί έξω".

"Όχι τόσοι πολλοί. Οι Κομάντσι κινούνται νοτιότερα".

"Αράπαχο. Πάντα υπάρχει ο Αράπαχο".

"Αφεντικό, σε *παρακαλώ*, προσπάθησε να μην αναστατώνεσαι *πολύ*. Ο Λανς είπε ότι θα τον φέρει σπίτι και ο Λανς είναι ο καλύτερος που υπάρχει".

"Το ξέρω, αλλά ανησυχώ. Άκουσα ότι το Fort Defiance έχει εγκαταλειφθεί και υπάρχουν ομάδες εμπόρων που τριγυρνούν χωρίς να κάνουν τίποτα άλλο παρά να προκαλούν προβλήματα. Με ανησυχούν περισσότερο κι από τους Αράπαχο".

"Ο Λανς θα φροντίσει για κάθε *πρόβλημα*. Αν θέλεις, μπορώ να *πάω* στο Ντέφινς και να το ελέγξω".

"Όχι, όχι, σε χρειάζομαι εδώ τώρα. Ας περιμένουμε να δούμε".

"Αυτό είναι το πιο λογικό *πράγμα* που έχεις πει εδώ και καιρό. Ξέρω ότι δεν είναι εύκολο, αλλά δεν θα είναι *πάντα* έτσι".

"Πάντα αισιόδοξος."

"Περισσότερο ρεαλιστής, Σαούλ".

Και μ' αυτό βγήκε για να *πάει* στο γιατρό Μίλερ, αφήνοντας τον μπαμπά με τις σκέψεις και τις ανησυχίες του, οι *περισσότερες* από τις οποίες προκλήθηκαν από μένα!

ΚΕΦΑΛΑΙΟ Π'ΕΝΤΕ

Φτάνουν σε μια πλατιά, ρηχή βύθιση στην ήπια κυματιστή γη. Ένα φόντο από σκοτεινά δέντρα φαίνεται να λειτουργεί ως αδιαπέραστο χάσμα ανάμεσα στην αραιή, αμείλικτη πεδιάδα και σε ό,τι βρίσκεται πέρα από αυτήν. Δεν είναι αυτό που τραβάει την προσοχή του Ρούμπεν. Το βλέμμα του στρέφεται στη σπασμένη, μαυρισμένη καμπίνα, με την οροφή της να έχει καταρρεύσει, τα παραθυρόφυλλα ορθάνοιχτα και, πάνω στη σαπισμένη βεράντα, μια σαπισμένη παλιά κουνιστή καρέκλα. Φαντάσματα αναμειγνύονται με τα ζιζάνια που έχουν προσβάλει τα κουρασμένα ξύλα- φαντάσματα του παρελθόντος, ξεχασμένων οικογενειών, μιας απλής αλλά ικανοποιητικής ζωής ανάμεσα σε μια χώρα γεμάτη ελπίδα και υποσχέσεις. Μιας ζωής που πήγε πολύ στραβά. Γιατί αυτός ο τόπος δεν έχει κατοικηθεί εδώ και γενιές και καθώς πλησιάζουν, ο Ρούμπεν νιώθει να αναπτύσσεται μέσα του αυτή η γνωστή αίσθηση προαισθήματος.

Περπάτησαν πολύ μακριά. Τα πόδια του Ρούμπεν πονάνε, αλλά τώρα όλα έχουν ξεχαστεί. "Δεν φαίνεται πολύ φιλικό, έτσι δεν είναι;"

Δίπλα του, η Καφέ Αρκούδα εξετάζει το

περιβάλλον. "Αυτά τα δέντρα θα μπορούσαν να κρύψουν έναν ολόκληρο στρατό".

"Νομίζεις ότι το κάνουν;"

"Ίσως όχι τώρα." Επιβάλλει ένα χαμόγελο, κατάλευκο στο μαυρισμένο, βαθιά χαραγμένο πρόσωπό του. "Ο εχθρός μας είναι *πίσω μας*, νεαρέ φίλε. Μέχρι τώρα θα έχουν καταλάβει ότι δεν κινούμαστε στην ενέδρα τους. Πιστεύω ότι θα τα πάμε καλύτερα εδώ απέναντι σε μια επίθεση".

"Αλλά τι μπορούμε να κάνουμε εναντίον τους με ένα μόνο όπλο για να αμυνθούμε;"

"Θα ψάξω στο δάσος για κάτι *που θα φτιάξω βέλη*". Χτυπάει το μαχαίρι με την ευρεία λεπίδα στο γοφό του. "Δεν έχουμε *πολύ* χρόνο, αλλά θα βάλω τα δυνατά μου. Εν τω μεταξύ, κρύψε τη Νόρα ανάμεσα στα δέντρα και φτιάξε ό,τι μπορείς στο εσωτερικό της καλύβας. Χρησιμοποιήστε ό,τι βρείτε για να βοηθήσετε στη μάχη *που θα ακολουθήσει*". Σταματάει και χαμογελάει. Για τον Ρούμπεν, μοιάζει με ένα ζεστό χαμόγελο ενθάρρυνσης. "Προσπάθησε να μη φοβάσαι. Αν δεν *κάνουμε* αυτά τα *πράγματα*, θα μας σκοτώσουν χωρίς να χάσουν ούτε ένα χτύπο της καρδιάς".

Ο Ρούμπεν ξέρει ότι αυτή είναι η αλήθεια, αλλά εξακολουθεί να μην μπορεί να καταπνίξει το χτύπημα της καρδιάς του ή την τρομερή ναυτία που διαχέεται μέσα στα σωθικά του. Εύχεται να ήταν μεγαλύτερος, πιο δυνατός. Περισσότερο από οτιδήποτε άλλο, εύχεται να είχε φέρει το ολοκαίνουργιο επαναληπτικό τουφέκι Σπένσερ του μπαμπά. Ο μπαμπάς ήταν τόσο περήφανος γι' αυτό όταν έφτασε, ο κούριερ ήταν τόσο εντυπωσιασμένος καθώς στεκόταν και παρακολουθούσε τον μπαμπά να ξεχωρίζει τη συσκευασία. Μετά η σιωπηλή σιωπή. Ο μπαμπάς το σήκωσε και το κοίταξε σαν να ήταν μια καινούργια αγάπη. Που ίσως και να ήταν. Θα πήγαινε και θα το πυροβολούσε κάθε πρωί. Και τώρα βρισκόταν σε ένα ντουλάπι στην κεντρική αίθουσα και ο Ρούμπεν λαχταρούσε να το έχει δίπλα του. Θα εξισορροπούσε τις πιθανότητες.

Αναστενάζοντας, κινείται προς την καμπίνα αφού πρώτα δέσει τη Νόρα σε ένα δέντρο περίπου δέκα βήματα μέσα στο δάσος. Φτάνοντας στο πίσω μέρος της παλιάς καλύβας, γυρίζει και ελέγχει. Η Νόρα δεν φαίνεται. Χαμογελάει. Τουλάχιστον κάτι πήγε καλά.

Για την Καφέ Αρκούδα, δεν υπάρχει κανένα σημάδι. Σαν ένα από εκείνα τα φαντάσματα για τα οποία ο Ρούμπεν είχε συλλογιστεί , ο Ινδιάνος έχει εξαφανιστεί στον αέρα. Θαυμάζει την ικανότητα του ανθρώπου να εξαφανίζεται απλά. Τον τρομάζει επίσης.

Στην πόρτα, σταματάει και αλληθωρίζει στο σκοτάδι. Ακόμα και ο ουρανός, που φιλτράρεται από τα απομεινάρια των δοκών, μόλις και μετά βίας μπορεί να διαπεράσει το σκοτάδι.

Μπορεί σχεδόν να διακρίνει το χάος που επικρατεί στο εσωτερικό του. Σπασμένα κομμάτια επίπλων έχουν πεταχτεί άτακτα σε κάθε σημείο του κεντρικού δωματίου- διάφορες κατσαρόλες, τηγάνια και σπασμένα πιατικά βρίσκονται διάσπαρτα στα κενά. Το προ πολλού νεκρό τζάκι είναι ζωντανό με σωρούς από στάχτη, σάπια φύλλα και ξερά κλαδιά, όλα αυτά σπαρταράνε από σκαθάρια και μυριάδες άλλα έντομα και ερπετά. Όσο περισσότερο κοιτάζει, τόσο περισσότερο παρατηρεί ότι το πάτωμα, φτιαγμένο από συμπιεσμένο χώμα, κινείται με ένα ολόκληρο έθνος πλασμάτων. Αυτό δεν θα μπορούσε ποτέ να είναι ένα μέρος για να μείνει, αλλά για ένα μέρος για να υπερασπιστεί μπορεί να κάνει.

Αν δεν υπήρχε η ανοιχτή οροφή φυσικά.

Κοιτάζει τις μερίδες του μπλε που καταφέρνουν να διαπεράσουν και σκέφτεται ότι αυτό θα ήταν κάποτε ένα καλό και οικείο μέρος. Πριν από πολύ καιρό. Πριν η σκληρή ζωή των συνόρων απομυζήσει τα όνειρα που κάποτε ώθησαν τους ανθρώπους να έρθουν και να εγκατασταθούν σε αυτό το μέρος του κόσμου. Το θάρρος και η αντοχή τους, σκέφτεται ο Ρούμπεν, είναι κάτι που πρέπει να θαυμάζουμε. Αυτές τις ιδιότητες ελπίζει να του έρθουν κατά τη διάρκεια των επόμενων ωρών.

Παραμερίζοντας τις πολλές αντικρουόμενες σκέψεις του, αρχίζει να σχηματίζει έναν αμυντικό δακτύλιο, κλείνοντας τα δύο ανοιχτά παράθυρα που πλαισιώνουν την πόρτα με ξύλα από παλιό ξύλο. Αφήνει αρκετά κενά για να μπορεί να εκπαιδεύσει το τουφέκι του. Στη συνέχεια, για την ίδια την πόρτα, στοιβάζει στο χώρο όποια έπιπλα είναι αρκετά μεγάλα. Η πόρτα έχει εξαφανιστεί εδώ και καιρό. Η ανοιχτή είσοδος θα είναι, εκτός από την οροφή, η κύρια αδυναμία της άμυνας.

Ωστόσο, υπάρχει μια άλλη πόρτα στον μακρινό τοίχο. Μπορεί, έτσι πιστεύει ο Ρούμπεν, να οδηγεί σε μια κρεβατοκάμαρα. Πριν κλείσει εντελώς την πόρτα, ώστε να μπορέσει να μπει η Καφέ Αρκούδα, ο Ρούμπεν πηγαίνει προς την κλειστή πόρτα και την σπρώχνει προς τα πάνω.

Οι αρχαίοι μεντεσέδες τρίζουν και στενάζουν, αλλά τελικά, τρίζει προς τα μέσα.

Στέκεται για μια στιγμή και δεν μπορεί να πιστέψει αυτό που βλέπει.

Τότε ο εφιάλτης γίνεται τρομακτική πραγματικότητα και ο ίδιος ουρλιάζει.

ΚΕΦΑΛΑΙΟ ΕΞΙ

Έμαθα αργότερα, πολύ αργότερα, όπως συνέβη, ότι ο Λανς και δύο από την ομάδα του πεδίου βολής μπήκαν στο Φορτ Ντεφιάνς περίπου την ίδια ώρα που η Καφέ Αρκούδα κι εγώ κάναμε ό,τι μπορούσαμε για να ετοιμάσουμε την καμπίνα.

Έκανε κρύο όταν έφτασαν εκεί και οι άνδρες είχαν τυλιχτεί, γεγονός που τους διευκόλυνε να αναμειχθούν με τους άλλους που περιπλανιόντουσαν άσκοπα στο εσωτερικό του φρουρίου. Υπήρχε μια ατμόσφαιρα απελπισίας στο μέρος, κάθε κατεύθυνση και αίσθηση σκοπού είχε χαθεί. Μια βαριά διάθεση επικρατούσε στο οχυρό, ενώ όλοι μιλούσαν για τον επερχόμενο πόλεμο. Ήταν σαν να είχαν παραδοθεί στο αναπόφευκτο ότι η καταστροφή επρόκειτο να χτυπήσει και να αλλάξει τις ζωές τους για πάντα.

Ο Lance αναζήτησε το μοναδικό κτίριο που συνέχισε να ευδοκιμεί - το σαλούν. Αν και το να το αποκαλέσει σαλούν ήταν υπερβολή. Ο Λανς εξήγησε αργότερα πώς ο πάγκος αποτελούνταν από δύο μακριές σανίδες, ίσως παλιές πόρτες, τοποθετημένες σε τέσσερα βαρέλια. Υπήρχαν πολλά μπουκάλια τοποθετημένα στον τοίχο πίσω από το αυτοσχέδιο μπαρ και ένας σπασμένος καθρέφτης. Όποιος κι αν διηύθυνε το μαγαζί είχε δουλέψει σκληρά για να το κάνει να φαίνεται όσο το δυνατόν πιο φυσιολογικό. Άνδρες στριμωγμένοι σφιχτά μεταξύ τους, όλοι τους έπιναν τη μπύρα και το ουίσκι τους, ενώ στη γωνία μια μικρή μπάντα βιολιστών έπαιζε μια σειρά από φωτεινά, σκωτσέζικα reels. Συνολικά, η ατμόσφαιρα ήταν συμπαθητική και, δεδομένων των συνθηκών, εκπληκτική. Μήπως ήξεραν κάτι που εκείνος δεν ήξερε, αναρωτήθηκε ο Λανς;

Παραγγέλνοντας ποτά για τον εαυτό του και τους συντρόφους του, ο Λανς μελέτησε τα πολλά πρόσωπα όσων ήταν στριμωγμένοι στην αίθουσα, όλα τους αναψοκοκκινισμένα από το ποτό.

"Θα έλεγε κανείς ότι γιορτάζουν".

Ο Λανς κοίταξε προς έναν από τους συντρόφους του, τον Νιλς Λόφγκρεν, ο οποίος, όπως και ο Λανς, εξέταζε το περιβάλλον.

"Τώρα που έφυγε ο στρατός", είπε ο Lance, "αισθάνονται ότι τους άφησαν ελεύθερους".

"Θα καταλήξει σε μπελάδες."

"Χωρίς αμφιβολία. Θέλω να κυκλοφορήσεις, να προσπαθήσεις να μάθεις οτιδήποτε για τον Ρούμπεν. Δες αν συνέβη κάτι απροσδόκητο ή ασυνήθιστο την τελευταία μέρα. Ίσως μπορέσουμε να μάθουμε κάτι. Ένα στοιχείο. Οτιδήποτε."

Ο Νιλς έβγαλε το καπέλο του και εξαφανίστηκε μέσα στον συνωστισμό που τους περιέβαλλε.

"Τι θέλεις να κάνω, αφεντικό;"

Ο Lance ένευψε στον δεύτερο σύντροφό του. "Πήγαινε μια βόλτα έξω, Μιτς. Είναι ένα μεγάλο οχυρό, με πολλούς στρατώνες, στάβλους, αποχωρητήρια και γραφεία. Μπορεί να βρεις κάτι. Θα φύγουμε μέσα στην ώρα, όποιο κι αν είναι το αποτέλεσμα, και θα πάρουμε τα ίχνη μας".

"Αν μπορούμε."

"Θα το κάνουμε. Δεν είμαι σίγουρος ότι ο Ρούμπεν θα ερχόταν προς τα εδώ, αλλά υποθέτω ότι πρέπει να είναι κοντά. Αν έχει μπλέξει σε μπελάδες, αυτό θα ήταν το λογικό μέρος για να κατευθυνθεί. Είναι γνωστό και είμαι σίγουρος ότι ο Ρούμπεν θα μπορούσε να βρει το δρόμο του αν χρειαζόταν. Είναι αρκετά λογικός".

"Κι αν είναι Ινδιάνοι, αφεντικό;"

"Ο πατέρας του ανησυχούσε γι' αυτό, αλλά δεν έχουν αναφερθεί προβλήματα από τον Αράπαχο εδώ και πολύ καιρό. Οι Κομάντς έχουν προχωρήσει και το ίδιο θα κάνουν κι αυτοί, υποθέτω. Ειδικά όταν αρχίσουν οι εχθροπραξίες".

"Νομίζεις ότι θα φτάσουμε σε αυτό το σημείο;"

"Τα νέα που έρχονται από την Καρολίνα φαίνεται να το υποδηλώνουν και μαζί με τα ισχυρά λόγια του Λίνκολν, θεωρώ ότι είναι βέβαιο".

"Αλλά η Καρολίνα δεν θα μπορέσει να αντισταθεί μόνη της".

"Όχι." Ο Λανς κοίταξε το ποτήρι με το ουίσκι του. "Κοιτάμε την κάννη ενός γεμάτου όπλου, Μιτς. Νομίζω ότι είναι έτοιμο να εκπυρσοκροτήσει". Αναστέναξε και άδειασε το ποτό του. "Τώρα πήγαινε να δεις τι μπορείς να βρεις".

Ο Μιτς Νόουλς ρύθμισε τη ζώνη του όπλου του και βγήκε έξω. Για λίγες στιγμές, ο Λανς παρακολούθησε την οπισθοχώρηση του άντρα πριν γυρίσει στον πάγκο.

Μετά από μερικά ακόμη ποτά, οι τρεις άνδρες συναντήθηκαν έξω στη σκονισμένη πλατεία της παρέλασης. Τα ογκώδη, ξεθωριασμένα από τον ήλιο κτίρια τους περιτριγύριζαν από τέσσερις πλευρές. Παρά τη συνεχιζόμενη φασαρία που διέρρεε από το σαλούν, μια ατμόσφαιρα μοναξιάς διαπερνούσε κάθε τοίχο από λασπότουβλα.

Ο Λανς περιπλανήθηκε προς τα απέναντι, όπου τα άλογα ήταν δεμένα σε ένα κρεμασμένο κιγκλίδωμα. "Τίποτα;"

"Υπήρξε ένα περιστατικό", είπε ο Μιτς, "αλλά δεν είχε καμία σχέση με τον Ρούμπεν".

"Πώς το ξέρεις;"

"Είχε κάτι να κάνει με έναν Ινδιάνο."

"Αυτό έπιασα", είπε ο Nils. "Φαίνεται ότι αυτός ο Ινδιάνος ήρθε με μερικά δέρματα και μπλέχτηκε σε καυγά με μια ομάδα από περιπλανώμενους. Αυτοί παρεξηγήθηκαν, τον έδειραν στο ξύλο και μετά πυροβόλησαν το μουλάρι του".

"Πυροβόλησε το μουλάρι του; Γιατί να το κάνουν αυτό;"

Ο Νιλς σήκωσε τους ώμους. "Αθλητισμός, υποθέτω. Ξέρεις τον τύπο, Λανς. Κακοί, βαριεστημένοι, που ψάχνουν να βγάλουν γρήγορα λεφτά όποτε μπορούν. Δεν δίνουν πολλά για κανέναν και για τίποτα, εκτός από τον εαυτό τους".

"Σκότωσαν τον Ινδιάνο;"

"Όχι. Φαίνεται ότι το έσκασε και τον κυνήγησαν".

"Και αυτό είναι όλο;"

Ο Νιλς σήκωσε τους ώμους και έστριψε ένα τσιγάρο χρησιμοποιώντας τον καπνό από το σακουλάκι που είχε στη μέση του. "Κανείς δεν είπε τίποτα άλλο, Λανς. Αυτό είναι το πίσω μέρος του beyond και αυτό δεν υπάρχει αμφιβολία".

"Αυτό είναι περίπου το σύνολο", πρόσθεσε ο Μιτς. "Ίσως θα ήταν καλή ιδέα να ακολουθήσουμε τον Ινδιάνο. Αν κατευθύνεται προς την άλλη άκρη της χώρας, μπορεί να υπάρχει πιθανότητα να συναντήσει τον Ρούμπεν".

"Και αυτοί οι άθλιοι που τρέχουν από πίσω; Αυτό νομίζεις, Μιτς;"

"Είναι το μόνο που έχουμε, Λανς".

"Αν αυτό που λες είναι αλήθεια, τότε ο νεαρός Ρούμπεν έχει μπλέξει άσχημα".

"Θα μπορούσε να είναι."

"Τότε θα πάμε βόλτα. Και θα ιππεύσουμε τώρα."

ΚΕΦΑΛΑΙΟ ΕΠΤΑ

Ο Ρούμπεν παίρνει το παγούρι και πίνει ακατάπαυστα.

"Δεν έχω ξαναδεί κάτι τέτοιο", λέει ο Ρούμπεν και λαχανιάζει καθώς τραβάει το παγούρι από τα χείλη του.

Η καφέ αρκούδα στέκεται στην πόρτα της κρεβατοκάμαρας, χωρίς να μπορεί να μιλήσει για λίγες στιγμές.

Μια γυναίκα, που μπορεί να ήταν κάποτε νέα ή όχι, κάθεται σε ένα σαθρό κρεβάτι που σχεδόν γεμίζει το δωμάτιο, με την πλάτη της στο κεφαλάρι, με τα μάτια της ορθάνοιχτα και άψυχα. Το βρώμικο, κουρελιασμένο φόρεμά της είναι καλυμμένο με στεγνό, μαύρο αίμα. Στο κέντρο του στήθους της υπάρχει μια τεράστια τρύπα.

Έχει πεθάνει εδώ και τόσο καιρό που δεν υπάρχει πλέον καμία μυρωδιά σήψης. Δέρμα με υφή κεριού, στόμα σφιγμένο, δάχτυλα τεντωμένα σαν τις τελευταίες στιγμές της ικεσίας, οι αρθρώσεις των δαχτύλων δεμένες σαν σκληρό σχοινί. Όποιος κι αν διέπραξε αυτή τη φρικτή πράξη την άφησε στη δίνη της αγωνίας προ πολλού, να αιμορραγεί μόνη της.

"Θα πρέπει να την θάψουμε", λέει ο Ρούμπεν.

"Δεν μπορούμε."

"*Δεν μπορούμε; Δεν ξέρω τίποτα για τις πεποιθήσεις ή τη θρησκεία σας, ή αν έχετε καν, αλλά δεν μπορούμε να την αφήσουμε έτσι χωρίς να την θάψουμε και...*"

Η καφέ αρκούδα τον *προσπερνά* και μένει ακίνητη. Ακούει, με το κεφάλι ελαφρώς στραμμένο *προς* τη μία *πλευρά*, με ένα μόνο υψωμένο χέρι να εμποδίζει τον Ρούμπεν να συνεχίσει.

"Τι είναι;"

Η Καφέ Αρκούδα χτυπάει το χέρι της, προτρέποντας τον νεαρό Ρούμπεν να σταματήσει να μιλάει. Ο Ρούμπεν *προσπαθεί να ακούσει, αλλά* δεν ακούει τίποτα.

"*Έρχονται*", *λέει ο Ινδιάνος και απλώνει το τόξο του. Έχει φτιάξει αρκετά βέλη από αυτά που βρήκε ανάμεσα στα δέντρα. Οι αιχμές τους είναι ακονισμένες με το μαχαίρι του και οι άκρες τους είναι γεμάτες φτερά. Οι άξονες μπορεί να μην είναι άψογα ίσιοι, αλλά ο ίδιος φαίνεται ικανοποιημένος με αυτούς. Τα μάτια του στενεύουν καθώς κοιτάζει τον νεότερο σύντροφό του.* "Εσύ μείνε εδώ. Κρύψου, μείνε ακίνητος. Πυροβόλησε μόνο όταν είσαι σίγουρος ότι θα πετύχεις τον στόχο σου".

Ο Ρούμπεν νιώθει το στομάχι του να σφίγγεται. "Αλλά ... Εσύ ... Πού θα είσαι;"

"*Θα μείνω κρυμμένος, για να τους χτυπήσω από το πλάι, να τους προκαλέσω σύγχυση και φόβο. Θα πανικοβληθούν, θα κάνουν λάθη. Είναι η μόνη μας ευκαιρία. Είναι έξι από αυτούς.*"

"Πώς το ξέρεις αυτό;"

"*Μέτρησα τα άλογά τους.*"

Πριν ο Κόουλ ζητήσει *περαιτέρω* εξηγήσεις, η Καφέ Αρκούδα *περνάει* αθόρυβα από το σπασμένο έδαφος και εξαφανίζεται ανάμεσα στα δέντρα.

Είναι σαν να μην υπήρξε ποτέ εκεί, ένα φάντασμα.

Ο Ρούμπεν είναι μόνος του, ο μόνος ήχος που ακούγεται είναι η αναπνοή του.

Πρέπει να τρέξει και να μην σταματήσει να τρέχει μέχρι να φτάσει στο σπίτι του. Δεν τον νοιάζει αν ο πατέρας του οργίζεται, αν χάνει. Ξέρει ότι αυτό θα συμβεί. Θα ανέβει τις σκάλες και θα γονατίσει ξανά δίπλα στο κρεβάτι της μητέρας του, θα φανταστεί το στήθος της να ανεβοκατεβαίνει και να πέφτει σαν σκουριασμένα καρφιά που κροταλίζουν σε έναν τσίγκινο κουβά. Το δέρμα της να γυαλίζει από τον ιδρώτα. Τα χείλη της τεντωμένα σφιχτά, μπλε, φτερουγίσματα. Μπορεί να τον δει. Δεν το ξέρει.

Οτιδήποτε, ακόμα κι αν όλα αυτά είναι ένα όνειρο. Μια ευχή.

Οτιδήποτε άλλο εκτός από το εδώ και τώρα, περιμένοντας τους άνδρες να έρθουν. Δολοφόνοι.

Μυρίζει δυνατά και περνάει το πίσω μέρος του χεριού του από τη μύτη του. Κρυώνει. Μακάρι να είχε ένα παλτό, αλλά ποτέ δεν πίστευε ότι θα έμενε τόσο πολύ μακριά από το σπίτι του. Γιατί έφυγε ποτέ; Ηλίθια . Ηλίθια ιδέα. Ηλίθια πέρα από κάθε φαντασία.

Ακούγεται το δυνατό σπάσιμο ενός κλαδιού. Ένα άλογο χλιμιντρίζει. Ο Ρούμπεν κοιτάζει άγρια γύρω του και δεν βλέπει τίποτα. Τρέχει πίσω στο σπίτι και σηκώνει το όπλο του. Είναι γεμάτο, κάτι που είναι ευχής έργον, γιατί τα χέρια του τρέμουν ανεξέλεγκτα και ξέρει ότι δεν θα μπορούσε να βάλει τη μοναδική σφαίρα στην κάννη. Σκόνη. Έχει μπαρούτι. Αλλά έχει τη δύναμη; Είναι αρκετά γενναίος; Το να πυροβολήσει τον άντρα πριν, ήταν καθαρή τύχη. Ή μάλλον κακή τύχη. Αλλά τίποτα από αυτά που σκόπευε να κάνει. Αυτό, αυτό είναι ένα εντελώς νέο εγχείρημα. Σχεδιασμένο. Είναι έτοιμος να το κάνει;

Πλησιάζουν. Τραβάει το αναποδογυρισμένο τραπέζι και μπλοκάρει την πόρτα. Σκύβει και θυμάται τι υπάρχει στο μικρό υπνοδωμάτιο πίσω του. Η νεκρή γυναίκα. Η δολοφονημένη γυναίκα.

Άλλη μια ανατριχίλα. Κουλουριάζεται πίσω από το τραπέζι και κρατάει το όπλο στην αγκαλιά του. Κλείνει τα μάτια του και προσπαθεί πολύ σκληρά να ελέγξει την αναπνοή του. Ίσως περάσουν. Ίσως αυτό να μην είναι παρά ένα όνειρο. Ένας τρομερός εφιάλτης που...

"Μπράντι, πάρε τον Τιμς και τον Κολτρέιν από πίσω. Γουάιλερ, κράτα τα άλογα εδώ. Μπίλι-Τζο, ρίξε μια ματιά μέσα".

"Εγώ; Γιατί στο διάολο δεν πας μέσα, Μπάνερ;"

"Θα είμαι ακριβώς πίσω σου, Μπίλι-Τζο, γι' αυτό μη μου κάνεις τον κλαψιάρη, όχι τώρα".

"Δεν θα γίνω κλαψιάρης, απλά σε ρωτάω γιατί δεν μπορείς να..."

"Και σου είπα γιατί, τώρα κάνε το πριν χάσω την υπομονή μου μαζί σου".

Η καρδιά του Ρούμπεν χτυπάει στο λαιμό και στα αυτιά του. Είναι διψασμένος, μπερδεμένος, αβέβαιος για το τι πρέπει να κάνει. Πρέπει να μείνει ήσυχος ή να σταθεί, να πυροβολήσει αυτόν τον Μπίλι-Τζο καθώς ανεβαίνει στη βεράντα. Δεν ξέρει, και η αναποφασιστικότητα τον καθιστά ακίνητο. Κάθεται, τρέμοντας. Ξέρει ότι το ρολόι της ζωής του, που μόλις ξεκίνησε, πλησιάζει στο τέλος του.

ΚΕΦΆΛΑΙΟ ΟΚΤΏ

Το άκουσα αυτό από την Καφέ Αρκούδα πολύ αργότερα. Έτσι το είδε και δεν έχω τρόπο να το επιβεβαιώσω ή να το απορρίψω, αλλά αυτό που ξέρω είναι ότι είμαστε ζωντανοί. Και αυτό οφείλεται σε αυτόν.

Τρεις ιππείς ήρθαν μέσα από το δάσος, κάνοντας περισσότερο θόρυβο από αφηνιασμένα βουβάλια. Μέσα στην αλαζονεία τους, πρέπει να πίστεψαν ότι δεν υπήρχε κανείς εκεί ή, αν υπήρχε, δεν θα συνέβαινε τίποτα. Το σχέδιό τους, όσο μπορούσε να γίνει κατανοητό από αυτό το απρόσεκτο, απορριπτικό βάδισμα, ήταν να κάνουν κύκλο στο πίσω μέρος της παλιάς καλύβας, να εκτιμήσουν κάθε κίνδυνο και μετά να επιτεθούν από πίσω. Ίσως να σκαρφάλωναν στην οροφή, να έμπαιναν στο εσωτερικό από τις τρύπες που άνοιγαν και να σκότωναν όποιον βρισκόταν μέσα. Πρέπει να πίστευαν ότι το θήραμά τους ήταν εκεί, τρέμοντας από φόβο, με τα άκρα παγωμένα από τον τρόμο, ανίκανα να αντιδράσουν.

Έκαναν λάθος.

Ένα βέλος χτύπησε τον επικεφαλής στο λαιμό. Για ένα φρικτό δευτερόλεπτο τα πάντα σταμάτησαν, το απόλυτο σοκ της επίθεσης ήταν ακατανόητο για όσους το είδαν. Μετά από μερικά δευτερόλεπτα, ο τραυματισμένος άντρας αντέδρασε, πνίγοντας το στόμιο, γδέρνοντας απεγνωσμένα το άξονα σε μια μάταιη προσπάθεια να το τραβήξει έξω. Το αίμα αφρίζει πάνω στο χέρι του και εκείνος σωριάζεται στα γόνατα, με τα μάτια του να φουσκώνουν από τον τρόμο. Γύρω του οι σύντροφοί του αποσπώνται, τρέχοντας προς αντίθετες κατευθύνσεις, με τα όπλα τους να πυροβολούν, αλλά είναι αμφίβολο αν ο χτυπημένος άνδρας αντιλαμβάνεται κάτι από όλα αυτά. Αναδιπλώνεται προς τα εμπρός, το πρόσωπό του χτυπάει στο χτυπημένο έδαφος και δεν κουνιέται ξανά.

Η καφέ αρκούδα κινείται επίσης. Δεν περιμένει να δει την επιτυχία του πρώτου του βέλους. Σε αντίθεση με τους άλλους, κινείται με τη χάρη ενός ελαφιού, υπερπηδώντας σβέλτα πεσμένα δέντρα, σκιάζοντας έναν από τους άλλους. Τον πλησιάζει σιωπηλά. Ο άντρας τροφοδοτεί βιαστικά το καπάκι και τη σφαίρα στο πιστόλι του, αλλά είναι μια χρονοβόρα διαδικασία, και αντιδρά πολύ αργά στο βήμα πίσω του. Το μαχαίρι διαπερνά την πλάτη του, εισχωρεί βαθιά, διαπερνώντας τους πνεύμονές του. Σύντομα χτυπιέται αναποτελεσματικά. Η λεπίδα αποσύρεται και πέφτει. Χτυπάει ξανά, δύο, τρεις φορές. Μοχθηρά, άκαρδα χτυπήματα, που δίνονται με τρομακτική ακρίβεια, καταστρέφοντας εσωτερικά όργανα, κατακλύζοντας το σώμα του άντρα με αίμα. Πεθαίνει ανάμεσα στα πεσμένα φύλλα και τα σκόρπια κλαδιά και η Καφέ Αρκούδα απαλλάσσει τον άνδρα από το όπλο του πριν απομακρυνθεί για να αναζητήσει άλλο θήραμα.

Μέσα σε λίγα λεπτά τον βρίσκει. Καθισμένος σε ένα πεσμένο δέντρο, ο άνδρας γεμίζει πυρετωδώς το πιστόλι του. Σηκώνει το κεφάλι του, όταν η καφέ αρκούδα εμφανίζεται ανάμεσα από τα δέντρα. Μαλώνει σαν νεογέννητο αρνί που καλεί τη μητέρα του. Τεντώνοντας τις παλάμες του, κουνάει το κεφάλι του, εκλιπαρώντας: "Σε παρακαλώ, όχι, όχι!" Αλλά η Καφέ Αρκούδα ξέρει αυτούς τους άντρες. Ξέρει τον τύπο τους. Του πήραν τα πάντα, σκότωσαν το μουλάρι του και τώρα είναι η σειρά τους να πεθάνουν.

Πυροβολεί τον άνδρα, αδειάζοντας το όπλο που κρατάει μέχρι ο άνδρας να γίνει ένα χάος από κενές πληγές.

Πετάει το ένα όπλο και το αντικαθιστά με το άλλο. Ολοκληρώνει γρήγορα την επαναφόρτωση , παίρνει περισσότερο μπαρούτι, καπάκι και σφαίρα και σέρνεται πίσω στο σκοτεινό δάσος για να επιστρέψει στην καλύβα, ώστε να δώσει μια ευκαιρία στο αγόρι.

ΚΕΦΑΛΑΙΟ ΕΝΝΕΑ

Ο Ρούμπεν ακούει τον ήχο πυροβολισμών. Είναι εκπληκτικά κοντά και τον κυριεύει αβεβαιότητα και φόβος. Τι σημαίνει αυτό; Η Καφέ Αρκούδα δεν έχει όπλο. Μήπως αυτοί οι άνδρες που έκαναν την πορεία τους μέσα στο δάσος συνάντησαν τον Ινδιάνο και τον σκότωσαν;

Ο Ρούμπεν δεν μπορεί να ξέρει, γι' αυτό κάθεται μαζεμένος πίσω από το αναποδογυρισμένο τραπέζι και περιμένει.

Δεν χρειάζεται να περιμένει πολύ.

Υπάρχουν κι άλλα πλάνα. Ομοιόμορφα κατανεμημένες, όχι άγριες όπως πριν. Αυτό πρέπει να σημαίνει μόνο ένα πράγμα - η καφέ αρκούδα πυροβολήθηκε. Νεκρή. Τελείωσε.

Και τότε ακούει τις επείγουσες φωνές που έρχονται από έξω.

"Μπίλι-Τζο, σταμάτα να κωλυσιεργείς και μπες στην καμπίνα!"

"Αλλά αυτοί οι πυροβολισμοί έρχονται από τα δέντρα, Μπάνερ, δεν θα ήταν καλύτερα να το ελέγξουμε;"

"Θα το κάνουμε, μόλις ελέγξετε την καμπίνα. Τώρα φύγε!"

Παίρνοντας μια μεγάλη ανάσα, ο Ρούμπεν

στέκεται όρθιος, με το κοντάκι του κυνηγετικού όπλου στον ώμο του, με τη λεπτή μακριά κάννη να στοχεύει ακλόνητα προς τον κοντόχοντρο, κιτρινόμαλλο άνδρα που στέκεται μισή ντουζίνα βήματα μακριά του.

Δεν μπορεί να αστοχήσει.

Δεν το κάνει.

Το πιστόλι του σκίουρου εκρήγνυται, η μοναδική, μικρού διαμετρήματος σφαίρα του χτυπάει τον άνδρα στο λαιμό, στέλνοντάς τον να πετάξει προς τα πίσω, με τα χέρια του ανοιχτά σαν να προσπαθεί να κρατηθεί όρθιος. Πέφτει στο έδαφος και σπαρταράει από την αγωνία, παραπαίοντας σε μια απελπισμένη προσπάθεια να σταματήσει τη ροή του αίματος που αναβλύζει από την πληγή.

Ο Ρούμπεν απορεί με αυτό που έκανε. Την εσκεμμένη αφαίρεση της ζωής ενός άλλου. Το τουφέκι του πέφτει από τα μουδιασμένα, τρεμάμενα χέρια του καθώς τον κυριεύει το μέγεθος της πράξης.

Ένας άλλος, πολύ μεγαλύτερος σε ηλικία άνδρας στέκεται άλλα δέκα βήματα περίπου πέρα από τον ετοιμοθάνατο. Κοιτάζει με δυσπιστία αυτό που συνέβη, πριν τα μάτια του σηκωθούν και κλειδώσουν σε εκείνα του Ρούμπεν.

Μια μικροσκοπική κραυγή βγαίνει από τα χείλη του νεαρού άνδρα, καθώς ο άνδρας σηκώνει το όπλο του. Ακούει το αργό, σκόπιμο κούνημα της σφύρας και κλείνει τα μάτια του προετοιμαζόμενος για το αναπόφευκτο.

Αλλά δεν υπάρχει τίποτα άλλο παρά ένας υπόκωφος θόρυβος. Κάτι κόβει τον αέρα και ο Ρούμπεν ανοίγει τα μάτια του για να δει τον άντρα να γυρίζει και να τρέχει, κουνώντας το χέρι του με το όπλο και φωνάζοντας προς έναν ακόμα άντρα που παλεύει να ελέγξει το άλογό του: "Φύγε από δω, Γουάιλερ! Είναι πάρα πολλοί!"

Ο Ρούμπεν παρακολουθεί. Ο άντρας που ονομάζεται Γουάιλερ προσπαθεί να απομακρύνει το τρομοκρατημένο άλογό του, ενώ στο μεταξύ χτυπάει το χέρι του προς τον άλλον, προτρέποντάς τον να απομακρυνθεί.

"Ανέβα πάνω, Banner! Γρήγορα, γαμώτο. Γρήγορα!"

Όλα τα άλογα είναι νευρικά, ο ήχος των πυροβολισμών τα κάνει να κλαψουρίζουν και να κλαψουρίζουν, εκτός ελέγχου. Μέσα στο χάος των ολοένα και πιο ανήσυχων αλόγων, ο άνδρας που ονομάζεται Banner καταφέρνει να αποφύγει να τον κλωτσήσουν. Σέρνεται στη ράχη του πλησιέστερου αλόγου ακριβώς τη στιγμή που η Καφέ Αρκούδα βγαίνει από τα δέντρα για να εκτοξεύσει άλλο ένα βέλος. Χτυπά τον πρώτο άνδρα, τον Γουάιλερ, ψηλά στον αριστερό ώμο. Ουρλιάζει καθώς παλεύει να ελέγξει το άλογο από κάτω του. Ο Μπάνερ παρακινεί το άλογό του, παίρνει τα χαλινάρια του Γουάιλερ και τρέχει προς τα εκεί. Και οι δυο τους καλπάζουν, τα άλογα που έμειναν πίσω σε φρενίτιδα, χτυπούν προς διάφορες κατευθύνσεις, χωρίς αναβάτη, μπερδεμένα και τρομοκρατημένα.

Ο Ρούμπεν, τρέμοντας, δεν μπορεί να βρει λόγια καθώς ο Ινδιάνος έρχεται μπροστά του, και ξαφνικά πέφτει στην αγκαλιά του νέου του φίλου, με κάθε δύναμη να έχει φύγει από τα πόδια του.

ΚΕΦΑΛΑΙΟ ΔΈΚΑ

Δεν μπορεί να πει πόση ώρα έχει κοιμηθεί. Αν η ασυνείδητη κατάστασή του θα μπορούσε να χαρακτηριστεί ως τέτοια. Είναι ένας ύπνος που δεν μοιάζει με κανέναν άλλο που έχει βιώσει ποτέ. Γεμάτος σκληρές, βίαιες εικόνες. Με ανθρώπους, μαύρους από το αίμα, να ουρλιάζουν, να ικετεύουν για έλεος, να φωνάζουν στο Θεό για συγχώρεση, σωτηρία, οτιδήποτε. Και ο Ρούμπεν στέκεται ανάμεσα σε μια μάζα από σώματα που σπαρταράνε, με το τουφέκι ψηλά, γελώντας με τα βάσανά τους. Αλλά τότε, καθώς το αίμα τρέχει ανεξέλεγκτα στα χέρια του για να στάξει από τα άκαμπτα δάχτυλα, ξαφνικά αντιλαμβάνεται το περιβάλλον του και παίρνει κι αυτός την κακοφωνία των κραυγών.

Κάποιος τον κουνάει, και ξυπνάει, θορυβημένος, και κάθεται όρθιος.

Το πρόσωπο ενός άνδρα προβάλλει κοντά και καταλαμβάνει την έκταση της όρασής του. Ένα πλατύ, επίπεδο πρόσωπο. Βαθιά χαραγμένο, η σάρκα του έχει τη συνοχή καφέ δέρματος.

"Ρούμπεν, φίλε μου, ξύπνα!"

Ο Ρούμπεν απομακρύνει τα χέρια του άνδρα και κοιτάζει γύρω του, αποπροσανατολισμένος, φοβισμένος. "Πού βρίσκομαι; Πού είναι ο μπαμπάς; Τι συμβαίνει;"

Παλεύει να σηκωθεί στα πόδια του, αλλά δεν έχει πια πολλή δύναμη στα άκρα του και καταρρέει ξανά, με την πλάτη του να χτυπάει στον μεγάλο ογκόλιθο πίσω του. Αναστενάζει και σφίγγει τα δόντια του για να δαγκώσει το ουρλιαχτό που βγαίνει στο στόμα του.

"Ρούμπεν, νομίζω ότι έχεις πυρετό. Σε έφεραν οι φρικαλεότητες που είδες".

Ο άντρας κάθεται στα καπούλια του και δείχνει ανήσυχος, με ένα βαθύ συνοφρύωμα στο τραχύ πρόσωπό του. Ο Ρούμπεν νομίζει ότι τον γνωρίζει, αλλά το μυαλό του είναι μπερδεμένο, οι αισθήσεις του τρελαίνονται. Κάτι τρώει τη συνείδησή του. Κάτι τρομερό έχει συμβεί. "Θεέ μου ..."

"Με ξέρεις; Ξέρεις πού βρίσκεσαι;"

Γύρω του, η απεραντοσύνη της πεδιάδας απλώνεται προς κάθε κατεύθυνση. Υπάρχει λίγη κάλυψη εδώ έξω, μερικές συστάδες φασκόμηλου, μερικές διασκορπισμένες πέτρες και γκρεμούς, αλλά ουσιαστικά πρόκειται για μια ατελείωτη, πλατιά γη που δεν του δίνει κανένα στοιχείο για το πού βρίσκεται. Στο βάθος, η πορφυρή κηλίδα των βουνών και πάνω από αυτά η απεραντοσύνη του ουρανού, ξεπλυμένος, χωρίς σύννεφα. "Δεν είμαι πουθενά κοντά στο σπίτι μου".

"Είσαι, φίλε μου. Σε πήρα από την καλύβα και πήγαμε προς το ράντσο του πατέρα σου. Δεν μπορούμε να είμαστε πολύ μακριά, όχι τώρα. Ιππεύουμε εδώ και ίσως τρεις ώρες".

"Τρεις ώρες... Δεν καταλαβαίνω..."

"Είσαι ταραγμένος, νεαρέ μου φίλε, και η μνήμη σου έχει επηρεαστεί. Είναι κατανοητό μετά από όσα συνέβησαν".

"Συνέβη; Τι συνέβη; Δεν ξέρω για τι πράγμα μιλάς. Βοήθησέ με να σηκωθώ, εντάξει;"

Ο Ρούμπεν απλώνει το χέρι του και πιάνει τα χέρια του άνδρα. Τα αισθάνεται σκληρά και δυνατά κάτω από τα δάχτυλά του. Οι μύες λυγίζουν και ο άντρας τον σηκώνει στα πόδια του. Ο Ρούμπεν στέκεται, ταλαντευόμενος ελαφρά, και πασχίζει να βρει τον προσανατολισμό του. "Με χτύπησε κανείς; Τραυματίστηκα με κάποιο τρόπο;"

"Όχι με τους τρόπους της σάρκας, όχι. Αλλά με άλλους τρόπους, νομίζω ότι το έκανες. Θα χρειαστεί λίγος χρόνος για να το θυμηθείς, αλλά προσπάθησε να μην το σκέφτεσαι πολύ αυτό. Οι αναμνήσεις θα επιστρέψουν με τον καιρό τους".

"Ποιες αναμνήσεις;" Σέρνει το μανίκι του στο μέτωπό του. "Δεν βγάζεις νόημα. Πού είμαστε, γαμώτο!" Ξεκολλάει από τη λαβή του άντρα και στέκεται και χαζεύει. "Ποιος είσαι εσύ; Γιατί είσαι μαζί μου;"

"Ο φίλος μου." Ο άντρας φαίνεται ανήσυχος, τα μάτια του είναι γεμάτα ανησυχία, ίσως και φόβο. "Δεν μπορείς να θυμηθείς τίποτα;"

Ο Ρούμπεν στροβιλίζεται και χτυπάει κάθε αριθμό αόρατων εχθρών που βρίσκονται παντού γύρω του. "Αφήστε με ήσυχο!"

Και τότε ο άντρας πιάνει τον ώμο του και τον γυρίζει. "Ησυχία! Πλησιάζουν καβαλάρηδες."

Ο Ρούμπεν σκοντάφτει προς τα πίσω. Χτυπά στο μεγάλο βράχο και σκοντάφτει. Χωρίς ισορροπία, με τις αισθήσεις του εκτός ελέγχου, σκοντάφτει. Από κάπου ακούγεται μια δυνατή κραυγή, μια φωνή από τα βάθη της μνήμης του. Μια φωνή που γνωρίζει.

"Ρούμπεν!"

Μέσα σε μεγάλα σύννεφα σκόνης, φτάνουν άνδρες, που παλεύουν με άλογα που βρυχώνται και ποδοπατούν. Ο Ρούμπεν είναι ανάσκελα στο χώμα. Κοιτάζει μέσα από το χάος των ανδρών, των αλόγων και του αναστατωμένου χώματος και βλέπει έναν από τους καβαλάρηδες να χτυπάει με πιστόλι τον άλλο άντρα, αυτόν με το καστανό πρόσωπο. Ο καφετής πέφτει κάτω και ένας δεύτερος άνδρας χτυπάει με το κοντάκι της καραμπίνας του το κεφάλι του πεσμένου άνδρα.

"Δέστε τον", βρυχάται ο άνδρας που ο Ρούμπεν νομίζει ότι γνωρίζει. Είναι ένας άνδρας με φιλική εμφάνιση και πλησιάζει, με τα χέρια απλωμένα για να βοηθήσει τον Ρούμπεν, με ένα ζεστό χαμόγελο στο πρόσωπό του. "Ρούμπεν", λέει τόσο απαλά, "είναι εντάξει, είσαι ασφαλής τώρα. Ας πάμε σπίτι".

ΚΕΦΑΛΑΙΟ ΈΝΤΕΚΑ

Υπάρχει μια παράξενη, καταθλιπτική ατμόσφαιρα στο σπίτι. Ο Ρούμπεν βρίσκεται στην πόρτα και ο Πα μισοτρελαμένος τον πλησιάζει, με τα δάκρυα να κυλούν στο πρόσωπό του. Τυλίγει τα χέρια του γύρω από τον γιο του και τον κρατάει σφιχτά. "Δόξα τω Θεώ, είσαι ασφαλής", λέει, με το στόμα του πατημένο στο λαιμό του Ρούμπεν. "Νόμιζα ότι σε έχασα".

Ο Ρουμπέν δεν το καταλαβαίνει αυτό. Ξέρει ότι αυτό το κτίριο είναι το σπίτι του, παρόλο που δεν αναγνωρίζει κανένα από τα χαρακτηριστικά του. Είναι η αίσθηση του τόπου, η μυρωδιά. Όλα τα άλλα είναι μια αόριστη, αδιαπέραστη ομίχλη.

"Έλα να σου φέρω κάτι να φας", λέει ο άνδρας που ξέρει ότι είναι ο πατέρας του. "Θα πω στην Ίζαμπελ να ετοιμάσει ένα μπάνιο. Μπορείς να χαλαρώσεις".

Σαν να βρίσκεται σε ένα είδος ζαλάδας, χωρίς να έχει πλήρη επίγνωση του πού πηγαίνει, τα χέρια τον οδηγούν απαλά προς τα πάνω στη φαρδιά σκάλα. Μια γυναίκα, κορακομαλλούσα, όμορφη, χαμογελάει. Τον πιάνει από το χέρι και τον οδηγεί σε ένα ευρύ, εξαιρετικά επιπλωμένο δωμάτιο. Μυρίζει λεβάντα και ένα μοναδικό παράθυρο ατενίζει την έκταση του ράντσου. Ο Ρούμπεν κινείται προς αυτό, καθώς η γυναίκα λέει: "Θα ετοιμάσω ένα μπάνιο, αφέντη Ρούμπεν".

Αλλά η προσοχή του Ρούμπεν δεν είναι στραμμένη στη γυναίκα ή στο περιβάλλον του. Ξέρει ότι υπάρχει κάτι πιο σημαντικό που πρέπει να αντιμετωπίσει. Κάτι επείγον, άμεσο.

Πέρα από το τζάμι, τους βλέπει να παίρνουν τον καφέ άνδρα. Τον έχουν χτυπήσει και τον σέρνουν στην μπροστινή αυλή, με τα γυμνά του πόδια να σέρνονται στο έδαφος.

"Θα τον κρεμάσουμε", λέει ο πατέρας του από πίσω του. Ο Ρούμπεν γυρίζει και τον βλέπει να στέκεται όρθιος, με τα χέρια στους γοφούς, με το χαμόγελο να μην είναι πια στο πρόσωπό του, αλλά να αντικαθίσταται από μια τρομακτική γκριμάτσα. "Δεν ξέρω τι στο διάολο σου έκανε, αγόρι μου, αλλά μάρτυς μου ο Θεός, δεν θα το αφήσω να περάσει χωρίς τιμωρία. Θα κρεμαστεί και θα τον δούμε να πεθαίνει. Ελπίζω να βρεις λίγη γαλήνη μετά από αυτό".

Φεύγει από το δωμάτιο και ο Ρούμπεν δεν έχει λόγια γιατί τίποτα δεν βγάζει νόημα. Γυρίζει ξανά και κοιτάζει μέσα από το παράθυρο. Δένουν τους καρπούς του καφέ άντρα πίσω του με δερμάτινα κορδόνια. Με το ζόρι στέκεται όρθιος. Και πάλι τον σέρνουν, αυτή τη φορά σε έναν αχυρώνα, και τον πετούν μέσα. Ένας ψηλός άντρας κατεβάζει τη μπάρα για να ασφαλίσει τις διπλές πόρτες. Ξεσκονίζει τα γαντοφορεμένα χέρια του και γελάει, αν και ο Ρούμπεν δεν μπορεί να το ακούσει. Οι σύντροφοί του γελάνε κι αυτοί, απομακρύνονται και δείχνουν περήφανοι. Περήφανοι για αυτό που έχουν καταφέρει.

Αλλά τι είναι αυτό που έχουν επιτύχει, αναρωτιέται ο Ρούμπεν; Πιέζει το μέτωπό του στο κρύο γυαλί. Κάτι δεν πάει καλά με αυτό.

Προσπαθεί να θυμηθεί, αλλά το μόνο που έχει είναι τρεμάμενες, οδοντωτές σκηνές που τρέμουν στο μυαλό του. Υπάρχουν πυροβολισμοί. Πολλοί πυροβολισμοί. Και ένας άντρας, ξανθομάλλης, αδύνατος, με τα μάτια του ορθάνοιχτα από την έκπληξη. Και φρίκη.

Στη συνέχεια, ο κρότος ενός πυροβολισμού.

Τα μάτια του Ρούμπεν ανοίγουν. Είναι ζαλισμένος, με δυσκολία μπορεί να εστιάσει στον κόσμο πέρα από το γυαλί. Σταδιακά, το μυαλό του καθαρίζει, η ομίχλη διαλύεται και μπορεί να διακρίνει την πραγματικότητα, τον κόσμο γύρω του. Ξεφυσώντας έναν αναστεναγμό, γυρίζει γύρω του. Τα κομμάτια μπαίνουν στη θέση τους. Όχι όλα ομοιόμορφα, αλλά έχει την αίσθηση της αλήθειας, του τι συνέβη. Ξέρει, με τρομακτική βεβαιότητα, ότι σκότωσε έναν άνθρωπο την προηγούμενη μέρα. Σηκώθηκε και τον πυροβόλησε. Επίτηδες. Δεν ήταν ατύχημα αυτή τη φορά. Θυμήθηκε εκείνο το ατύχημα, το θάνατο των δύο ανδρών και πώς έσωσε τον Ινδιάνο που έτρεχε να σωθεί.

Καφέ αρκούδα. Ο καστανός άνδρας που ξυλοκοπούν μέχρι θανάτου και πρόκειται να κρεμάσουν είναι ο φίλος του!

Βγαίνει τρέχοντας από το δωμάτιο, κατεβαίνει απρόσεκτα τις σκάλες, γλιστράει στα τελευταία σκαλιά και πέφτει στα γόνατα. Αδιαφορεί για τον πόνο και σηκώνεται στα πόδια του μόλις ο πατέρας του βγαίνει από το ευρύχωρο σαλόνι του με την ωραία συλλογή βιβλίων και πινάκων. Το εσωτερικό του άδυτο. Τον προστατεύει από τις ανησυχίες και τους φόβους που σαρώνουν αυτό το σπίτι, τη συνεχή απειλή του θανάτου. Η μητέρα του Ρούμπεν, πάντα τόσο κοντά στο θάνατο, που κρατιέται από μια λεπτή, εύθραυστη κλωστή.

"Ρούμπεν; Τι κάνεις; Πρέπει να ξεκουραστείς".

Ο Ρούμπεν ταλαντεύεται, αλλά όταν ο πατέρας του πλησιάζει, σηκώνει και τα δύο του χέρια. "Όχι! Καφέ αρκούδα, τι νομίζεις ότι κάνεις μαζί του; Δεν μπορείς..."

"Καφέ αρκούδα; Εννοείς εκείνο το δολοφονικό αγρίμι που προσπάθησε να σε σκοτώσει;"

"Ήταν... Θεέ μου, μπαμπά, μου έσωσε τη ζωή!"

"Τι; Είσαι τρελός; Ο Λανς τον έπιασε στα πράσα. Το μυαλό σου είναι εθισμένο, όλα μπερδεμένα εξαιτίας αυτού που σου συνέβη!"

Ο Ρούμπεν τρέμει, το σώμα του σπαρταράει. Παλεύει ενάντια σε μια ακατανίκητη επιθυμία να πέσει κάτω, να κλείσει τα μάτια του και να κοιμηθεί για εκατό χρόνια. "Όχι", λέει, με φωνή τόσο μικρή και φοβισμένη. "Όχι, μπαμπά. Με έσωσε. Οι άντρες που πολεμήσαμε; Αυτοί ήταν. Μπαμπά, αυτοί που με κυνηγούσαν για ό,τι είχα κάνει." Είναι η σειρά του να προχωρήσει μπροστά. Τοποθετεί τα χέρια του στους ώμους του πατέρα του και τον κοιτάζει βαθιά στα μάτια. "Μπαμπά, πίστεψέ με. Χωρίς αυτόν, εγώ θα ήμουν νεκρός και εσύ θα ήσουν έτοιμος να θάψεις δύο από την οικογένειά σου".

Ο πατέρας του ταλαντεύεται προς τα πίσω, με τις λέξεις να μοιάζουν με χαστούκια στο πρόσωπό του. Αναστενάζει, με τα χείλη του να τρέμουν. Η φωνή του δεν είναι τίποτα περισσότερο από ένα κράξιμο: "Reu ... ben ...".

Χωρίς άλλη λέξη, ο Ρούμπεν προσπερνά τον πατέρα του και τρέχει έξω. Αγνοεί τις κραυγές πίσω του, τους άντρες δίπλα στο περιφραγμένο μαντρί στο κέντρο και τρέχει, πετάει πίσω την μπάρα, εισβάλλει στον αχυρώνα και εκεί βρίσκει την Καφέ Αρκούδα κρεμασμένη από ένα δοκάρι της οροφής. Τρέχει στον φίλο του. "Καφέ Αρκούδα, μίλα μου!"

Ο Ινδιάνος, του οποίου οι καρποί αιμορραγούν

από το σημείο όπου τα δερμάτινα κορδόνια δαγκώνουν τους καρπούς του, κοιτάζει προς τα κάτω και η αναλαμπή ενός χαμόγελου διατρέχει το σπασμένο, μελανιασμένο πρόσωπό του. "Φίλε μου ..."

"Περίμενε, περίμενε." Ο Ρούμπεν στριφογυρίζει όταν ένα δυνατό χέρι τον πιάνει από τον ώμο. Είναι ο Λανς, το αφεντικό της περιοχής. Φαίνεται θυμωμένος. "Τον έκοψες, Λανς. Τον έκοψες και μετά τον πήγες μέσα".

"Δεν πρόκειται να κάνω κάτι τέτοιο - αυτός ο άγριος θα τιμωρηθεί γι' αυτό που έκανε".

"Δεν έχει κάνει τίποτα. Τον πυροβόλησες;"

"Να τον πυροβολήσω; Μπα, αυτό ήταν απλώς ένα μικρό παιχνίδι, για να τον τρομάξω μέχρι θανάτου. Φαίνεσαι να ανησυχείς υπερβολικά γι' αυτόν, Ρούμπεν".

"Είναι φίλος μου. Τώρα κόψτε τον. Το διατάζω."

"Το παραγγείλατε;" Είναι ο Νιλς Λόφγκρεν, ένας από τους άντρες που χτύπησαν την Καφέ Αρκούδα σε απόσταση αναπνοής από το θάνατό της. "Προσπάθησε να σε δολοφονήσει, ανίδεο κουτάβι."

"Όχι, δεν το έκανε. Με έσωσε".

"Τον είδαμε", προσθέτει ο Lance, "τον είδαμε μαζί σας. Να παλεύει μαζί σου, έτοιμος να σου καρφώσει το μαχαίρι".

"Όχι, όχι, όχι! Τα έχεις πάρει όλα λάθος."

"Δεν το νομίζω. Νιλς, πήγαινε τον κύριο Ρούμπεν μέσα μέχρι να τελειώσουμε με αυτό".

"Όχι!"

Ο Ρούμπεν διώχνει το χέρι του Λανς από εκεί που ακόμα κρατούσε τον ώμο του και, με την ίδια κίνηση, αρπάζει το όπλο του αρχηγού του σκοπευτηρίου και το τραβάει από τη θήκη. Κάνει ένα βήμα πίσω, ενεργοποιώντας τη σφύρα. "Κόψτε τον, αλλιώς, μάρτυς μου ο Θεός, θα σας σκοτώσω όλους".

"Ρούμπεν!"

Όλοι γυρίζουν για να δουν τον πατέρα του Ρούμπεν που διασχίζει την αυλή προς την είσοδο του αχυρώνα. Φαίνεται ακατάστατος, το άγχος και η αγωνία των τελευταίων ημερών βγαίνουν στο προσκήνιο. Φαίνεται να είναι κοντά στην κατάρρευση. Ιδρώνει, τρέμει. Τα δάκρυα κυλούν στο πρόσωπό του.

"Ρούμπεν, κατέβασε το όπλο!"

"Όχι, μπαμπά. Πάντα σε ακολουθούσα, σε άκουγα και εκτελούσα τις εντολές σου, αλλά όχι τώρα". Στρέφει τα μάτια του και πάλι στον Λανς. "Δεν θα σου το ζητήσω ξανά". Και τότε, απίστευτα, και ίσως το πιο τρομακτικό απ' όλα, χαμογελάει. "Και μη νομίζεις ότι δεν θα το κάνω. Έχω σκοτώσει τρεις ανθρώπους τις τελευταίες μέρες και δεν θα διστάσω να σκοτώσω κι εσένα".

Ο Lance ρίχνει ένα βλέμμα προς τον πατέρα του Ρούμπεν που στέκεται χτυπημένος και φοβισμένος. Γνέφει μια φορά.

Ο Ρούμπεν απομακρύνεται για να δώσει χώρο στους άνδρες να πλησιάσουν. Τους παρακολουθεί καθώς κόβουν την Καφέ Αρκούδα, με έναν από τους άνδρες να στηρίζει τα πόδια της, ενώ ο Λανς κόβει το δέρμα που έδενε τους καρπούς.

Όταν τελειώνουν και η Καφέ Αρκούδα είναι στο έδαφος, ο Ρούμπεν κάνει μια χειρονομία με το όπλο. "Πάρτε τον μέσα στο σπίτι και φροντίστε τον".

"Θα σε μαστιγώσω γι' αυτό", γρυλίζει ο Lance καθώς απομακρύνεται από το αναίσθητο σώμα του Brown Bear.

"Όχι, δεν θα το κάνεις", λέει ο Ρούμπεν. "Δεν είμαι πια ένα μικρό αγόρι, Λανς, που μπορείς να εκφοβίζεις και να απειλείς. Αυτές οι μέρες έχουν περάσει".

"Θα έβαζες αυτόν τον βρωμερό άγριο πάνω από μένα;"

Τα μάτια του Λανς είναι διογκωμένα, το πρόσωπό του παραμορφωμένο και κόκκινο, σαν να τον έχει πιάσει αποπληξία.

"Είναι ο άνθρωπος που μου έσωσε τη ζωή", είπε ο Ρούμπεν. "Είναι φίλος μου."

ΚΕΦΑΛΑΙΟ Δ΄ΩΔΕΚΑ

Κάθονται γύρω από το μεγάλο τραπέζι, ο Ρούμπεν στη μία άκρη, ο *πατέρας* του στην άλλη. Και οι δύο κοιτάζουν τη σούπα τους. Ένας υπηρέτης, ένας αδύνατος Μεξικανός, γνωστός μόνο ως Μιγκέλ, στέκεται και περιμένει. Υπάρχει ένα περίεργο μισό χαμόγελο στο στιλβωμένο πρόσωπό του, σαν να είναι ο φύλακας διασκεδαστικών μυστικών. Ο Ρούμπεν *πάντα* ένιωθε έναν δεσμό μαζί του. Είναι ένας δεσμός παρόμοιος με αυτόν *που* έχει αναπτύξει με την Καφέ Αρκούδα *που* κοιμάται σε ένα από τα υπνοδωμάτια του επάνω ορόφου.

Τελειώνοντας τη σούπα του, ο Ρούμπεν απομακρύνει το μπολ και κάθεται. Ο Μιγκέλ απομακρύνεται από τον τοίχο και *παίρνει* την τελειωμένη σούπα.

"Οι άντρες *που* σκότωσες...;" ακούγεται η φωνή από την άλλη άκρη του τραπεζιού.

Ο Ρούμπεν κοιτάζει τον *πατέρα* του. Εκείνος κάθεται μαζεμένος, βυθισμένος στον εαυτό του. Μοιάζει με μικρό *παιδί*, αλλά το τραπέζι είναι μεγάλο, *πάνω* από δώδεκα μέτρα μήκος. Αυτός είναι ο λόγος;

Ο Ρούμπεν κοιτάζει τον *πατέρα* του. "Δεν ήθελα να το κάνω. Ήταν ένα φρικτό ατύχημα, αλλά μάλλον δεν το είδαν έτσι. Μας κυνήγησαν, μπαμπά, και θα μας είχαν σκοτώσει αν δεν είχε επέμβει η Καφέ Αρκούδα".

"Φαίνεται ότι τον θαυμάζεις".

"*Έμαθα πολλά από αυτόν* στο σύντομο χρονικό διάστημα *που ήμουν στην εταιρεία του. Θα μου μάθει πώς να παρακολουθώ*."

"Πώς να...;" *Ο πατέρας* του σπρώχτηκε *προς τα πίσω στην καρέκλα του από αγανάκτηση, ρίχνοντας κάτω το κουτάλι του έτσι ώστε να πλατσουρίσει μέσα στη σούπα πριν αναπηδήσει πλάγια για να πέσει στο πάτωμα.* "Παρακολούθηση; Είσαι τρελός, αγόρι μου; *Track*; Δεν χρειάζεται να κάνεις τέτοια πράγματα. Έχουμε σε αφθονία εργάτες και καουμπόηδες για να φέρουν εις πέρας οποιαδήποτε τέτοια καθήκοντα".

"Δεν με νοιάζει τι έχουμε, μπαμπά. Δεν θα γίνω βοηθός στο ράντσο".

"Φυσικά και όχι - θα γίνεις ιδιοκτήτης ράντσου! Όταν φύγω εγώ, όλα αυτά θα είναι δικά σου".

"Δεν είμαι σίγουρος ότι το θέλω". Αγνόησε το αγανακτισμένο, γεμάτο κενό βλέμμα του *πατέρα* του και συνέχισε βιαστικά. "Είμαι πιο ευτυχισμένος μόνος μου, μπαμπά, έξω στο λιβάδι. Θα καταταγώ στο στρατό, θα τους κάνω ανιχνευτές".

Η σιωπή του *πατέρα* του ήταν χειρότερη από οτιδήποτε θα μπορούσε να *προετοιμάσει* τον εαυτό του. Ο Μιγκέλ έφτασε με το επόμενο *πιάτο*, και ο Ρούμπεν κοίταξε τη μπριζόλα, με τα *πράσινα* φασόλια απλωμένα *πάνω* της, με τη μυρωδιά να του τρέχουν τα σάλια.

"Το μόνο που μπορώ να *πω* είναι *πόσο*

ανακουφισμένος είμαι *που* η μητέρα σου δεν θα είναι εδώ για να δει τον μοναχογιό της να γίνεται απλώς ένας λακές του στρατού".

"Αντί για λακές του ράντσου, εννοείς;"

"Είναι το κληρονομικό σου δικαίωμα!"

"Αλλά δεν είναι αυτό *που* θέλω".

Μια σιωπή έπεσε *πάνω* τους και *παρέμεινε* εκεί για *πολύ* καιρό.

Ανεβαίνει τις σκάλες, κάθε μία από τις οποίες μοιάζει να αντηχεί με τους τριγμούς της τον φόβο στην καρδιά του. Για *πόσες* μέρες ακόμα θα το έκανε αυτό, να επισκέπτεται την άρρωστη μητέρα του στο κρεβάτι της, να κάθεται δίπλα της, να της κρατάει τα χέρια και να την κοιτάζει καθώς *παλεύει μάταια ενάντια στο αναπόφευκτο; Καθώς* φτάνει στην κορυφή, σταματάει και *προσπαθεί να* ακούσει κάτι. Μια μέρα, ξέρει ότι θα κάνει κάτι τέτοιο και δεν θα υπάρχει τίποτα. Μια ζοφερή, φρικτή σιωπή. Εκείνη θα έχει σταματήσει να αναπνέει και εκείνος δεν θα είναι μαζί της. Πιασμένος από έναν ξαφνικό τρόμο ότι αυτή η σκέψη θα γίνει *πραγματικότητα,* εισβάλλει *από* την *πόρτα* της.

Εκεί ήταν ξαπλωμένη, όπως *πάντα,* στηριγμένη με μαξιλάρια, το *πρόσωπό* της έλαμπε από μια λεπτή μεμβράνη ιδρώτα, η χλωμάδα της ήταν αρρωστημένα *πράσινη,* αλλά ανέπνεε. Ο Ρούμπεν σχεδόν λιποθυμάει από ανακούφιση και μισοσκοντάφτει στο κρεβάτι της και καταρρέει στη μικρή καρέκλα με τη σκληρή *πλάτη* δίπλα της. Εκεί κάθεται *πάντα.*

Απλώνει το χέρι του και *πιάνει* ένα κρύο, εύθραυστο χέρι και το σφίγγει ελαφρά. Ένα μικροσκοπικό μουρμουρητό και εκείνη γυρίζει το κεφάλι της για να τον κοιτάξει. Τα μάτια της τσαλακώνονται. Ένα χαμόγελο. Αυτό απαιτεί τεράστια προσπάθεια, αλλά ξέρει ότι είναι ευχαριστημένη, και αυτό είναι το μόνο που έχει σημασία. Μια μικρή αναλαμπή κανονικότητας σε έναν κόσμο που έχει τρελαθεί.

Δεν μιλάει. Μιλάει, της λέει κάτι από τη μέρα του, αλλά όχι όλα. Δεν θέλει να την στενοχωρήσει. Ο γιατρός Μίλερ είπε να την αφήσει να ξεκουραστεί. Ο Ρούμπεν δεν κατάλαβε ποτέ το νόημα αυτού. Πέθαινε. Μια μέρα σύντομα θα πέθαινε και τότε θα μπορούσε να ξεκουραστεί. Προς το παρόν, την ήθελε ξύπνια γιατί ακόμα και στην εξασθενημένη της κατάσταση ήταν ακόμα η μητέρα του και την αγαπούσε. Περισσότερο από οτιδήποτε άλλο.

Κάθεται και μελετά το πρόσωπό της, την εμφανή δυσφορία της, αλλά και τη δύναμή της. Το πώς καταφέρνει να αντέχει είναι ένα θαύμα γι' αυτόν. Είναι κάτι που ελπίζει να αναπτύξει και ο ίδιος. Αυτή η δύναμη του χαρακτήρα, αυτό το πηγάδι ανθεκτικότητας στο οποίο κατάφερε να αποκτήσει πρόσβαση όταν βρέθηκε αντιμέτωπος με τον σχεδόν βέβαιο θάνατο στην καλύβα. Είναι σίγουρος ότι έχει κληρονομήσει τέτοια χαρακτηριστικά από τη μητέρα του. Τι θα κάνει χωρίς αυτήν;

Κάποια στιγμή αργότερα, απομακρύνεται. Εκείνη κοιμάται, η αναπνοή της είναι ρηχή αλλά όχι κοπιαστική όπως συνήθως. Πατάει απαλά, διασχίζοντας το δωμάτιο προς την πόρτα. Καθώς τα δάχτυλά του τυλίγονται γύρω από το χερούλι, η φωνή της τον πλησιάζει, ακούγεται δυνατή. "Ρούμπεν..."

Γυρίζει με ορθάνοιχτα μάτια. Δεν μπορεί να πιστέψει ότι μπορεί να είναι τόσο συνεπής. "Ναι, μαμά;"

"Σ' αγαπώ, Ρούμπεν. Είσαι το καλύτερό μου αγόρι."

Τα μάτια της κλείνουν. Τα μάτια του γεμίζουν δάκρυα.

Είναι τα τελευταία λόγια που θα πει ποτέ.

ΚΕΦΆΛΑΙΟ ΔΕΚΑΤΡΊΑ

Δεν βρίσκομαι εδώ για να διηγηθώ ιστορίες για πράγματα που δεν γνωρίζω, αλλά αυτά *που* ακολουθούν είναι τα λόγια του Λανς, που μεταφέρθηκαν σε μένα και τον *πατέρα μου* γύρω από το τραπέζι της τραπεζαρίας. Έχει ήδη μιλήσει για την άφιξή του στο **Fort Defiance**, αλλά τώρα μας διηγείται τι ανακάλυψε για τη φύση των ανδρών που επρόκειτο να εντοπίσουν εμένα και την Καφέ Αρκούδα, και όλα αυτά κατέληξαν στη συμπλοκή στην καλύβα.

Ο Λανς καθόταν στην άκρη του τραπεζιού, με τους αγκώνες του στην κορυφή του τραπεζιού και το πηγούνι του στα χέρια του. Διηγήθηκε αργά όσα είχε μάθει από την ανάκριση αρκετών μεθυσμένων και τζογαδόρων στο Φορτ Ντέφιενς. "Φαίνεται ότι ο αρχηγός μιας αρκετά θλιβερής συμμορίας απατεώνων ονομαζόταν Μπάνερ. Δεν ήταν ο τύπος του ανθρώπου με τον οποίο θα μοιραζόταν κανείς το κρεβάτι του, ούτε και οτιδήποτε άλλο. Ένας βίαιος, αδιάφορος άνθρωπος, μετακόμισε δυτικά αφού *πυροβόλησε* έναν ταμία τράπεζας σε μια μικρή *πόλη* της Νέας Αγγλίας. Έκτοτε, *περιπλανήθηκε* άσκοπα από τη μια πρωτοπόρο πόλη στην άλλη, ώσπου έφτασε στο

Φορτ Ντεφιάνς. Άφραγκος και ψάχνοντας για δουλειά και άλλες "ευκαιρίες" έπεσε σε μια κακή παρέα. Περνώντας σχεδόν όλο το χρόνο τους στο σαλούν του φρουρίου, έπαιζαν και έπιναν μέχρι που ένας από αυτούς εντόπισε έναν μοναχικό Ινδιάνο να φτάνει στο φρούριο με ένα μουλάρι φορτωμένο με δέρματα βουβαλιών. Προσεγγίζοντας τον Ινδιάνο, αντέδρασαν αργότερα όταν ο Ινδιάνος κατάφερε να διαφύγει. Τον κυνήγησαν και αυτή ήταν η τελευταία φορά που άκουσε κανείς γι' αυτόν".

"Και αυτοί ήταν οι άντρες που σε κυνήγησαν;" ρωτάει ο μπαμπάς, με τα αυστηρά του μάτια να με κοιτάζουν επίμονα.

Δεν ήθελα να εκφοβιστώ. Κάθομαι όρθια, ανταποδίδοντας το βλέμμα του. "Πιστεύω ότι πρέπει να ήταν, μπαμπά".

"Αλλά γιατί να έρθει πίσω σου;"

Σε αυτό το σημείο, ο Lance γυρίζει στη θέση του έτσι ώστε να με κοιτάξει κατάματα. "Αυτό είναι το σημείο που δεν καταλαβαίνω".

"Νομίζω ότι ήρθε η ώρα να μας τα πεις όλα, Ρούμπεν".

Έτσι, το κάνω. Παίρνω μια βαθιά ανάσα για να ηρεμήσω και στη συνέχεια διηγούμαι όλα όσα συνέβησαν, από την ιππασία μου σε όλη την πεδιάδα, μέχρι το να δω την Καφέ Αρκούδα να καταπλακώνεται από αυτά τα δολοφονικά αποβράσματα, από τον πυροβολισμό μου που οδήγησε σε τόση βία και την τελική ανταλλαγή πυροβολισμών στην καλύβα. Δεν παραλείπω τίποτα, είμαι όσο πιο ειλικρινής και ανοιχτός μπορώ. Και οι δύο τους ακούνε χωρίς σχόλια. Και όταν τελειώνω, ο Πα είναι ο πρώτος που αντιδρά. Κάθεται πίσω, διπλώνει τα χέρια του και αυτό το βλέμμα ... είναι μαραμένο.

"Έσωσες τη ζωή ενός άγριου;"

Αυτός είναι ο Λανς. Η έκφρασή του είναι διαφορετική από του μπαμπά. Εκεί που η έκφραση του μπαμπά είναι σοβαρή, ασυμβίβαστη, του Λανς είναι γεμάτη πικρία, ακόμη και αηδία. Το στόμα του είναι κατεβασμένο σαν να γεύεται κάτι κακό.

Δεν πρόκειται να με τρομοκρατήσουν. Δεν με νοιάζει τι σκέφτεται ο Lance. Έχει ζήσει τη ζωή του στην ύπαιθρο, αλλά αμφιβάλλω αν έχει μιλήσει ποτέ με ιθαγενή. Έτσι μου αρέσει να τους αποκαλώ. Έχω διαβάσει ιστορία. Έχω ακούσει. Ήταν εδώ χιλιάδες χρόνια πριν από εμάς. Αν κάποιος έχει δικαίωμα σε αυτή τη γη, είναι αυτοί.

"Έσωσα τη ζωή ενός ανθρώπου", λέω κρατώντας τη φωνή μου χαμηλά. Δεν θέλω να χάσω την ψυχραιμία μου με τον Λανς. Είναι ο πιο έμπιστος συνεργάτης του πατέρα μου, αλλά ο τρόπος και οι ιδέες του μου είναι δυσάρεστες. Είμαι σχεδόν δεκαπέντε ετών. Το μυαλό μου μπορεί ακόμα να διαμορφωθεί, αλλά όχι με τον τρόπο που θα ήθελε ο Λανς.

Το να κοιτάζεις πίσω δεν είναι εύκολο. Το πέρασμα των χρόνων δυσκολεύει τη μνήμη και τόσα πολλά πράγματα μου έχουν συμβεί στη ζωή μου από εκείνες τις μέρες που μερικές φορές ξεχνάω τις λεπτομέρειες. Έτσι, θυμάμαι τα γεγονότα με τη ματιά του ενήλικα, όχι με την ορμητικότητα της νιότης. Θυμάμαι όμως τον Lance και την έκφραση που θόλωσε τα χαρακτηριστικά του. Με απεχθανόταν. Το έβλεπα σε κάθε γραμμή, σε κάθε ρυτίδα. Έμοιαζα πολύ στη μητέρα μου, τον άκουγα να σκέφτεται. Δεν έμοιαζα αρκετά με τον πατέρα μου, τον άνθρωπο που είχε χτίσει το ράντσο από το τίποτα όλα αυτά τα χρόνια πριν. Πολύ πριν γεννηθώ εγώ, αυτός και ο Λανς δούλεψαν τη γη, την έκαναν γόνιμη, μετέτρεψαν τη σκόνη και τους θάμνους σε ένα ήπιο τοπίο, όπου άλογα και βοοειδή μπορούσαν να τρέξουν και να βόσκουν. Για δέκα ή περισσότερα χρόνια μοχθούσαν, και η επιτυχία ερχόταν αργά, αλλά η επιτυχία ήρθε, και η οικογενειακή έκταση άνθισε, πλημμυρισμένη από ζωή. Ο Λανς και ο Χέντερσον πολεμούσαν τους Αραπάχο και τους Κομάντσι εκείνες τις μέρες, ενώ ο μπαμπάς φρόντιζε τη μητέρα μου, η οποία ήταν *πάντα* άρρωστη. Και όταν έμεινε έγκυος σε μένα, οι καιροί ήταν δύσκολοι και επικίνδυνοι. Αλλά νίκησαν και η γέννησή μου γιορτάστηκε. Σύντομα, όμως, με το *πέρασμα* των χρόνων, ο Λανς στράφηκε περισσότερο από όλους εναντίον μου. Με θεωρούσε αδύναμη, αναξιόπιστη, μια ονειροπόλα που δεν θα έδινε ποτέ τον εαυτό της ολοκληρωτικά στο ράντσο. Σε όλα αυτά είχε δίκιο, εκτός από το "αδύναμος". Ήξερα ότι δεν ήμουν αδύναμη, αλλά η δύναμή μου ήταν διαφορετική από τη δική του και του μπαμπά. Δεν έβλεπα το μέλλον μου στην *πλάτη* ενός αλόγου, οδηγώντας βοοειδή στην αγορά. Ήθελα να κάνω κάτι άλλο. Να προσφέρω. Να υπηρετώ.

Έτσι ήμουν εδώ.

Στο τραπέζι, κρατώντας το οργισμένο βλέμμα του Lance.

"Ξέρω *πώς* είναι, μην το ξεχνάς", λέει με σφιγμένα δόντια. "Τους έχω *πολεμήσει*, τους έχω σκοτώσει. Είναι ανέντιμοι, εκδικητικοί, γεμάτοι μίσος".

"Λίγο σαν τον εαυτό σου, Λανς;"

Βλέπω τα χέρια του να *πιάνουν* τα μπράτσα της καρέκλας του. Έντονος, με δυσκολία να ελέγξει τον θυμό του, σηκώνεται μισοσηκωμένος από την καρέκλα του.

"*Λανς*", λέει ο μπαμπάς, "κάτσε κάτω και άφησέ το να *περάσει*".

"Είναι το αίμα σου, αλλά δεν θα *προσβληθώ*". Κατέρρευσε *πίσω* στο κάθισμά του, με το *πρόσωπό* του κόκκινο, με ασταθή αναπνοή. "Δεν έχω ξεχάσει ότι τράβηξες όπλο εναντίον μου, αγόρι μου. Δεν θα το αφήσω αυτό αναπάντητο".

"Ξεχνάς", λέω και δεν μπορώ να μην χαμογελάσω, "αυτό ήταν το όπλο σου, Λανς". Και για να το καταλάβω, χαϊδεύω το κοντάκι του πιστολιού που έχω βάλει μέσα στο ζωνάρι μου. "Αυτό το όπλο".

"Θα τον αφήσεις να τη γλιτώσει;" Ο Λανς φτύνει, γυρνώντας προς τον Πα, ο οποίος επίσης αρχίζει τώρα να γουργουρίζει από θυμό.

"Ρούμπεν, καλύτερα να κάνεις πίσω. Θέλω εσύ και ο άγριος να είστε έξω μέχρι το πρωί, με ακούς; Πάρε τον υπνόσακό σου και δύο άλογα - όχι αυτό το άλογο που συνήθως καβαλάς. Ένα καλό, δυνατό άλογο. Θα βγεις έξω και θα το κάνεις σωστά".

"Πώς; Σκοτώνοντάς τους;"

"Δεν υπάρχει άλλη πορεία, αγόρι μου. Εσύ το προκάλεσες αυτό σε όλους μας και είναι στο χέρι σου να το διορθώσεις".

"Πολύ μεγαλόψυχο εκ μέρους σου, μπαμπά".

Ο Λανς ειρωνεύεται: "Θα ήταν καλύτερα να ξοδεύεις περισσότερο από το χρόνο σου μαθαίνοντας πώς να σχοινοβατείς παρά να διαβάζεις τα φανταχτερά σου βιβλία".

Είχε δίκιο σε αυτό, πρέπει να ομολογήσω. Η μαμά με έβαλε στο διάβασμα όταν μόλις και μετά βίας μπορούσα να περπατήσω, και δεν σταμάτησα ποτέ να διαβάζω. Δεν το έβλεπα ως εμπόδιο για να μεγαλώσω, μάλλον το αντίθετο. Κλειδωμένη μέσα στο ράντσο, όσο απέραντο κι αν ήταν, η ανάγνωση μου έδωσε τα κλειδιά για να ξεφύγω. Διάβαζα και μάθαινα. Τώρα, λαχταρούσα να γνωρίσω ο ίδιος τι βρισκόταν πέρα από τα όρια της γης μας. Όχι με τον τρόπο που ο Λανς και ο μπαμπάς με παρότρυναν. Με τους δικούς μου όρους. Αυτοί οι άντρες που θα ερχόντουσαν, όπως ήξερα ότι θα ερχόντουσαν, στάθηκαν εμπόδιο στο δρόμο μου.

"Εντάξει, μπαμπά", λέω. Σκύβω και σηκώνω την καρέκλα που πέταξα κάτω. Την κοιτάζω για μια στιγμή. "Θα επανορθώσω, αλλά, Λανς, μην μπαίνεις στα πόδια μου από δω και πέρα".

"Είναι αυτό απειλή;"

"Όχι, είναι ένα αίτημα."

"Πολύ ευγενικό εκ μέρους σας."

Χαμογελάω και απομακρύνομαι.

"Πάρτε μερικά όπλα σέλας", λέει ο πατέρας. "Μην πάρετε το Remington. Υπάρχει ένα ζευγάρι Colt Dragoon στο σαλόνι που θα κάνουν καλύτερα, μαζί με την καραμπίνα του γέρο μου. Μπορείς να τα πάρεις μαζί σου, Ρούμπεν. Με υπηρέτησε καλά και θα κάνει τη δουλειά".

"Βεβαιωθείτε ότι παίρνετε αρκετό καπέλο και μπάλα", προσθέτει ο Lance.

"Και πούδρα", λέει ο Pa.

Διατηρώντας την ψυχραιμία μου, λέω: "Το ενδιαφέρον σας είναι συγκινητικό. Και οι δυο σας."

Φεύγω, ακούγοντας τις κατάρες που σχηματίζονται στα χείλη τους.

Εκτός ακρόασης, βγαίνω έξω. Σχεδόν αμέσως, βλέπω την καφέ αρκούδα να κάθεται στη σκιά. Κοιτάζει ψηλά καθώς πλησιάζω.

"Μπορείς να ιππεύσεις;" Τον ρωτάω.

Κατσουφιάζει και γρυλίζει. "Πάμε κάπου;"

"Θα βρούμε αυτούς τους άλλους. Αυτούς που ξέφυγαν".

"Θα έχουν βρει περισσότερους φίλους, υποσχόμενοι την ευκαιρία να βγάλουν χρήματα".

"Ναι, μπαίνοντας εδώ μέσα και κλέβοντας όλους τους θησαυρούς του μπαμπά".

Σηκώνεται στα πόδια του και τον βλέπω να λυγίζει. Τα κοψίματα και οι μώλωπες στο πρόσωπό του είναι πρησμένα, παραμορφώνοντας τα χαρακτηριστικά του.

"Είσαι σίγουρος ότι μπορείς να ιππεύσεις;"

"Είμαι σίγουρος. Πότε φεύγουμε;"

"Πρώτο φως. Ο μπαμπάς μου έδωσε δύο άλογα και έχουμε όπλα. Πολλά όπλα."

"Τότε πρέπει να προετοιμαστούμε, φίλε μου. Δεν νομίζω ότι είμαι ευπρόσδεκτος εδώ".

Χαμογελάω λίγο. "Ούτε εγώ, φίλε μου. Ούτε εγώ."

ΚΕΦΆΛΑΙΟ ΔΕΚΑΤΈΣΣΕΡΑ

Την επόμενη μέρα ξύπνησα και βρήκα τον καιρό τραγανό και ξηρό, ενώ η Καφέ Αρκούδα περίμενε ήδη με τα άλογα φορτωμένα με προμήθειες. Είχαμε αποφασίσει να προσπαθήσουμε να επιστρέψουμε στην παλιά καλύβα. Δεν είχα αναφέρει σε κανέναν το πτώμα της γυναίκας που είχα βρει εκεί. Με όλα όσα είχαν περάσει από τότε, δεν είχα μιλήσει γι' αυτό ούτε καν με τον Καφέ Αρκούδο. Ήταν ένα μυστήριο. Τι είχε συμβεί εκεί; Φόνος, ναι. Αλλά οι λόγοι; Έπρεπε να υπάρχουν κάποιες ενδείξεις, οπότε αποφάσισα να βρω ποιες θα μπορούσαν να είναι. Ναι, ήταν ένας αντιπερισπασμός, αλλά εκείνη η καλύβα ήταν το κέντρο της μάχης ζωής και θανάτου μας με εκείνους τους άνδρες, οπότε ίσως η Καφέ Αρκούδα θα μπορούσε να πάρει τα ίχνη των επιζώντων αφού είχαμε ψάξει το μέρος.

Κατεβαίνοντας στην τραπεζαρία, είπα καλημέρα στη Λουκίλα, μια από τις υπηρέτριες, και είδα ότι είχε δάκρυα στα μάτια της. Δεν το σκέφτηκα καθόλου. Η Lucilla ήταν μουγκή. Ένα καλό, εργατικό κορίτσι, πάντα τα πηγαίναμε καλά και υπέθεσα ότι ίσως ήταν αναστατωμένη που έφυγα. Τότε όμως άκουσα το χτύπημα των βημάτων που ανέβαιναν τρέχοντας την κεντρική σκάλα και κατάλαβα ότι συνέβαινε κάτι άλλο, κάτι πολύ τρομερό.

Ο μεγαλόσωμος, βαρύς Ρόλες βγήκε από την κουζίνα με τα μάτια του ορθάνοιχτα.

"Ω, Δάσκαλε Ρούμπεν", είπε.

Πάγωσα. Η συνειδητοποίηση ότι η φοβερή στιγμή είχε επιτέλους έρθει έμοιαζε να με απολιθώνει. Κατάφερα να γυρίσω το κεφάλι μου και να δω τη Ντέιζι, τη μαγείρισσα, να κατεβαίνει παραπατώντας τις σκάλες, με τα χέρια της να πιάνουν το κάγκελο. Έκλαιγε, και όταν έφτασε στο κατώτερο σκαλοπάτι, κατέρρευσε. Ο Ρόλες πήγε κοντά της. Από την κουζίνα βγαίνει ο Μιγκέλ, τραβηγμένος και σταχτί. Φαίνεται ότι όλο το σπίτι υποφέρει από την είδηση. Και τότε εμφανίζεται στην κορυφή ο Πα, άσπρος σαν το θάνατο, τρέμοντας ανεξέλεγκτα.

Όλα και όλοι κινούνταν γύρω μου με αστραπιαία ταχύτητα. Ήταν σαν να ήμουν θεατής σε όλα αυτά. Αποστασιοποιημένος και απόμακρος, έβλεπα ανθρώπους να τρέχουν μπρος και πίσω, πολλές φωνές, κλάματα, χτυπήματα των χεριών και σφίξιμο των χεριών.

Τότε, ο Ντοκ Μίλερ, πηδώντας από το αμαξάκι του. Τον παρακολουθούσα μέσα από τις ορθάνοιχτες πόρτες καθώς έτρεχε μέσα, σταματώντας μόλις και μετά βίας για να μου ρίξει μια ματιά, μια ματιά που έλεγε πολλά. Παίρνει τα σκαλοπάτια δύο τη φορά.

Ο Χέντερσον έρχεται προς το μέρος μου. Το πρόσωπό του είναι σκοτεινό. "Λυπάμαι, Ρούμπεν".

Κατσουφιάζω. Παρόλο που συνειδητοποιώ τι έχει συμβεί, το σοκ με χτυπάει σαν βαριοπούλα στο στήθος. Τριγυρνάω προς τα πίσω, ψάχνοντας για κάτι, οτιδήποτε για να ελέγξω την κατάρρευσή μου. Ο Ρόλες είναι αυτός που με πιάνει, τα μεγάλα του χέρια με σηκώνουν σαν να είμαι παιδί. Με πηγαίνει σε έναν κοντινό καναπέ και με ξαπλώνει απαλά. Τον βλέπω και τρέμει. Ο Χέντερσον πλησιάζει δίπλα του. "Πήρε άσχημα τη νύχτα", λέει, η φωνή του δεν είναι πια εκείνος ο μεγάλος, βροντερός ήχος που τόσο συχνά άκουγα να εκτοξεύεται σε όλη την περιοχή. Και τότε έκανε κάτι που δεν είχα ξαναδεί. Παίρνει το τσέρκι από το στόμα του και το κοιτάζει, με τα μάτια του γεμάτα θλίψη. "Έτρεξα να φέρω τον γιατρό, αλλά ... αλλά νομίζω ότι ίσως είναι πολύ αργά. Λυπάμαι".

Ανοιγοκλείνω τα μάτια, κουνάω το κεφάλι μου, χωρίς να έχω ακόμα πλήρη επίγνωση του περιβάλλοντός μου, περνώντας μέσα από τα πάντα σαν σε όνειρο. Ο Μιγκέλ κάθεται δίπλα μου και μου κρατάει το χέρι. Πέφτω στην αγκαλιά του και με κρατάει τόσο σφιχτά.

Τότε είναι που ο Μπίλι Μπιν εισβάλλει στο σπίτι. Είναι εκτός εαυτού σαν να τον έχει πιάσει πυρετός, ο ιδρώτας γυαλίζει στο μέτωπό του και κλαίει σαν παιδί. Πηγαίνει να κινηθεί προς τη σκάλα, αλλά ο Χέντερσον του εμποδίζει το δρόμο, με το χέρι στο όπλο του. "Όχι, Μπίλι, δεν θα ανέβεις εκεί πάνω σήμερα".

"Άσε με να περάσω, γαμώτο, αλλιώς ορκίζομαι ότι θα..."

Είδα τον Ρόλες να επεμβαίνει και να ρίχνει ένα αιωρούμενο χτύπημα στο σαγόνι του Bean, ρίχνοντάς τον στο έδαφος όπου έπεσε αναίσθητος.

"Πάρτε τον από εδώ", γρύλισε ο Χέντερσον και απομακρύνθηκε και τα μάτια του καρφώθηκαν στα δικά μου. "Υπάρχουν πολλά που δεν ξέρεις, Ρούμπεν. Ίσως ο πατέρας σου να σου μιλήσει γι' αυτά αφού ... αφού τελειώσουν όλα αυτά".

"Έγινε και θάφτηκε", λέω με ήρεμη φωνή. Αποδεσμεύομαι από την αγκαλιά του Μιγκέλ και περνάω το ένα χέρι μου από το πρόσωπό μου. "Το ξέρω ήδη", λέω. Μπορώ να ακούσω τον αναστεναγμό του Χέντερσον. Δίπλα του, ο Ρόλες βγάζει έξω τον Μπίλι Μπιν. Κουνάω το κεφάλι μου. "Το ξέρω εδώ και πολύ καιρό".

"Δεν καταλαβαίνω *πώς* θα μπορούσες, όταν εμείς οι ίδιοι δεν είχαμε καν..."

Σηκώνω το χέρι μου. "Θα σου πω μια μέρα". Δεν θέλω να ακουστώ τόσο συγκαταβατική, αλλά έχω βαρεθεί να μου φέρονται σαν να είμαι ένα *αδαές παιδί* από αυτούς τους ανθρώπους. Ο Χέντερσον είναι στην οικογένεια σχεδόν όσο και ο Λανς. Σε αντίθεση με τον Λανς, δεν είναι καουμπόης, ούτε με την *πραγματική* έννοια της λέξης καουμπόι. Είναι ο σωματοφύλακας του *πατέρα* μου, αν θέλετε. Ένας *άντρας* που χρησιμοποιεί το όπλο του όπως ένας υπάλληλος χρησιμοποιεί ένα στυλό. Φυσικό. Αυτό είναι. Ένας φυσικός *πιστολέρο*. Ένας δολοφόνος. Με τρόμαζε όταν ήμουν μικρός και η μαμά μου ψιθύριζε *πάντα* στο αυτί: "Πρόσεχε αυτόν τον άνθρωπο, Ρούμπεν. Μην τον εκνευρίζεις *ποτέ*."

Πήρα τις συμβουλές της υπόψη μου, δεν είχα ποτέ διασταυρώσει τα λόγια μου μαζί του, αλλά τώρα η μαμά δεν ήταν πια εδώ για να δώσει συμβουλές και η γνώση με χτύπησε και έφερε τα δάκρυα στα μάτια μου για άλλη μια φορά.

Η ζωή μου δεν επρόκειτο να είναι ποτέ ξανά η ίδια.

ΚΕΦΆΛΑΙΟ ΔΕΚΑΠΈΝΤΕ

Σταθήκαμε γύρω από τον ανοιχτό τάφο, με τα κεφάλια σκυμμένα, τα χέρια ενωμένα μπροστά σε μορφή προσευχής. Η Ντέιζι κλαίει και, δίπλα της, ο γίγαντας Ρόλλες την κρατάει σφιχτά. Ο Μιγκέλ είναι συντετριμμένος. Αγαπούσε τόσο πολύ τη μητέρα μου. Μελετώ τα πρόσωπά τους, ένα προς ένα. Λίγο πιο πέρα είναι ο Λανς, με μερικούς από τους καουμπόηδες, με τα καπέλα τους βγαλμένα, μαζεμένα στα δερμάτινα γάντια στα χέρια. Ο γιατρός Μίλερ είναι επίσης εδώ. Το πρόσωπό του είναι ραβδωτό από τα δάκρυα και ο Χέντερσον, σταχτί, το φουστάνι του κρέμεται ανοιχτό και αποκαλύπτει το μαργαριταρένιο ναυτικό στη μέση του. Αναρωτιέμαι γι' αυτό και ξαφνικά μου έρχεται η ιδέα - αυτό είναι το όνειρό μου! Τα έχω ξαναζήσει όλα αυτά, μόνο που στο όνειρό μου, με τη διαφορά ότι ο Μπίλι Μπιν ήταν εδώ. Δεν είναι εδώ, στην πραγματικότητα, δόξα τω Θεώ.

Ο αιδεσιμότατος Small καθαρίζει το λαιμό του και αρχίζει τον επικήδειο λόγο του. Δεν τον ακούω. Το μυαλό μου είναι αλλού. Στο βάθος, η Καφέ Αρκούδα κάθεται κάτω από τη σκιά ενός δέντρου. Τα άλογά μας τσιμπολογάνε ξερές τούφες δίπλα του. Σύντομα θα ξεκινήσουμε, αφήνοντας όλα αυτά πίσω μας. Δεν είμαι σίγουρη αν θέλω να επιστρέψω τώρα που μας άφησε η μαμά. Κοιτάζω κάτω σε αυτή την απαίσια, μαύρη τρύπα και βλέπω την κορυφή του φέρετρου της. Υπάρχει ένα μόνο κόκκινο τριαντάφυλλο πάνω στο καπάκι. Ποιος το έβαλε εκεί; Δεν μπορώ να σκεφτώ. Μήπως ήταν ο μπαμπάς; Αμφιβάλλω γιατί δεν έχει έρθει καν. Κάθεται στη βιβλιοθήκη του, πίνοντας ουίσκι, κοιτάζοντας τις σειρές με τα βιβλία του, τα περισσότερα από τα οποία δεν έχει διαβάσει ποτέ. Εκεί τον βρήκα όταν ο γιατρός Μίλερ κήρυξε τη μαμά νεκρή. Ανατρίχιασα στη λέξη, αλλά ο μπαμπάς, με τα χείλη του να τρέμουν, εξαφανίστηκε στο δωμάτιό του και έκτοτε δεν έχει εμφανιστεί. Αυτό ήταν χθες. Τώρα, η μαμά βρίσκεται στο χώμα και ο μπαμπάς πίνει ουίσκι. Το μίσος μου γι' αυτόν μεγαλώνει. Δεν είναι περίεργο που η μαμά έψαχνε για στοργή αλλού. Στο όνειρό μου, ο μπαμπάς στεκόταν συντετριμμένος από την απώλεια της γυναίκας του, αλλά αυτές ήταν οι ελπιδοφόρες μαιανδρικές σκέψεις μου. Οι ευχές μου. Στην πραγματικότητα, οι γονείς μου δεν ήταν ποτέ έτσι. Δεν υπήρχε αγάπη, μόνο δυσαρέσκεια και από τις δύο πλευρές για ένα ζευγάρι ζωές που πήγαν χαμένες.

Μια ξαφνική κραυγή με κάνει να κοιτάξω. Ο Χέντερσον αντιδρά επίσης, και απέναντι στο έδαφος, ένας άνδρας παλεύει με τον Λανς και τους άλλους.

Ανασαίνω.

Είναι ο Μπίλι Μπιν, με τα χέρια του να απλώνονται στον αξιολύπητο αγώνα του να απελευθερωθεί από την αγκαλιά του Λανς.

"Θέλω να τη δω", φωνάζει.

Έβαλα ένα τρεμάμενο χέρι στο στόμα μου για να μη φωνάξω μια απάντηση. Παρόλο που προσπαθώ να καταλάβω τα συναισθήματά του, δεν είναι η στιγμή του. Είναι η δική μου και όλων των άλλων, όλων εκείνων που έχουν ζήσει κάθε μέρα με τη Μα. Ίσως ο Μπίλι έχει το δικαίωμα να αποτίσει τα σέβη του και να πει το αντίο του, αλλά όχι τώρα. Αργότερα, όταν θα έχουμε επιστρέψει στο σπίτι ή, στην περίπτωσή μου, στην άλλη άκρη του πεδίου.

Όχι τώρα, Μπίλι. Περίμενε τη σειρά σου.

Ο Henderson, ξέρω, δεν το βλέπει έτσι. Πηγαίνει ήδη προς το μέρος όπου παλεύουν αυτοί οι άντρες.

Ξέρω τι πρόκειται να συμβεί. Το έχω δει στο όνειρό μου.

Αλλά αυτό που βλέπω δεν έχει καμία σχέση με το όνειρό μου.

Με μια άγρια, απελπισμένη κίνηση, ο Μπίλι Μπιν απελευθερώνεται. Έχει ένα πιστόλι. Αν είναι δικό του ή όχι, δεν μπορώ να πω, αλλά το πιστόλι είναι τραβηγμένο και η σφύρα οπλισμένη. Κουνιέται στο χέρι του σαν να είναι πολύ βαρύ για να το κρατήσει. Ίσως και να είναι.

"Πρέπει να τη δω, κακοποιοί! Φύγετε από μπροστά μου".

"Κράτα το στόμα σου κλειστό", λέει ο Henderson. Οι άλλοι τον κοιτάζουν και απομακρύνονται. Ακόμη και ο Λανς, τον οποίο πάντα θεωρούσα κτηνώδη άνδρα, φαίνεται φοβισμένος.

Ο Μπίλι βρυχάται, δείχνοντας τα δόντια του τεντωμένα σε ένα πρόσωπο πυρακτωμένο από θυμό και θλίψη, "Θέλω απλώς να τη δω".

"Ξέρω τι είναι αυτό που θέλεις", έρχεται η απάντηση του Henderson. "Έχεις ήδη προκαλέσει πολύ πόνο σε αυτή την οικογένεια, τώρα φύγε από αυτή τη γη πριν σε μαστιγώσω με το άλογο".

Αλλά μπορούσα να τα δω όλα να εξελίσσονται, ακόμη και πριν ξεκινήσουν. Ο Μπίλι δεν πάει πουθενά. Ξέρω ότι αγαπούσε τη μητέρα μου, και εκείνη αυτόν. Συνέχισαν τη σχέση τους κρυφά, αλλά είναι ένα μυστικό που το ξέρουν όλοι, ακόμα και ο μπαμπάς. Κανείς δεν έχει πει ποτέ τίποτα, κρατώντας τις σκέψεις τους για τον εαυτό τους. Όσο ζούσε η μαμά, έτσι συνέβαινε, αλλά τώρα ... τώρα ο καθένας μπορεί να πει τη γνώμη του.

Ο πυροβολισμός ακούγεται σαν το πιο δυνατό χτύπημα κεραυνού που είχα βιώσει ποτέ. Το στόμα του Μπίλι ανοίγει, με τα μάτια του ορθάνοιχτα από δυσπιστία. Αλλά μόνο για λίγο. Πέφτει, η ζωή εγκαταλείπει τα άκρα του σχεδόν αμέσως, η σφαίρα έχει χτυπήσει στο μέτωπό του, ακριβώς ανάμεσα στα μάτια. Έχει ανατινάξει το πίσω μέρος του κρανίου και ο Μπίλι συνθλίβεται σε έναν άψυχο σάκο σάρκας. Το αίμα ανθίζει γύρω από το κεφάλι του και κάπου ένα όρνιο τσιρίζει, καταγράφοντας ήδη ότι το δείπνο είναι έτοιμο να σερβιριστεί.

Για μια στιγμή ολόκληρη η σκηνή παγώνει, αλλά μέσα σε ένα ή δύο ανοιγοκλείνουν τα μάτια και όλοι κινούνται. Κάποιοι τρέχουν μακριά από φόβο, άλλοι κινούνται προς το πτώμα του Μπίλι Μπιν. Ο Χέντερσον δεν φαίνεται να ξέρει τι να κάνει.

Εκτός από εμένα. Γυρίζω και βλέπω τον μπαμπά να στέκεται στα σκαλιά του σπιτιού, με το πιστό του μουσκέτο Enfield να καπνίζει ακόμα στο χέρι του. Κατά κάποιο τρόπο, ήξερα ότι αυτός ήταν που είχε ρίξει τον θανατηφόρο πυροβολισμό και τώρα, βλέποντάς τον τόσο απαθής, καταλαβαίνω πώς το μίσος μπορεί να αλλάξει έναν άνθρωπο. Αυτός ήταν πάντα ο λόγος που ο μπαμπάς ήταν τόσο ψυχρός απέναντί μου. Μου κρατάει κακία. Ότι η μαμά γέννησε έναν γιο που, ενάντια σε όλες τις φυσιολογικές συναισθηματικές αντιδράσεις ενός πατέρα, τον έδεσε μαζί της. Για πάντα.

Λαχταρούσε την ελευθερία του. Η μαμά ήταν ένα λάθος και εγώ ένα ακόμα μεγαλύτερο.

Τα μάτια μας συναντιούνται αλλά μόνο για μια στιγμή. Η δουλειά του τελείωσε, γυρίζει και εξαφανίζεται μέσα στο σπίτι. Διστάζω για μια στιγμή και σκέφτομαι αν θα έπρεπε να τον ακολουθήσω, να τον αντιμετωπίσω και να ξεκαθαρίσω τα πράγματα. Να ξεκαθαρίσω την κατάσταση μια για πάντα. Ξέρω ότι θα απορρίψει τα λόγια μου με περιφρόνηση. Δεν είμαι παρά ένα παιδί. Το παιδί που δεν ήθελε ποτέ. Έτσι, γυρίζω την πλάτη μου σ' αυτόν, σ' εκείνο το σπίτι, στη ζωή που ξέρω εδώ και δεκατέσσερα χρόνια και δεν αισθάνομαι τίποτα.

Ρίχνω μια τελευταία ματιά στον τάφο της μαμάς και απομακρύνομαι. Δεν στρέφω το κεφάλι μου στη συγκέντρωση των ανθρώπων γύρω από το σώμα του Μπίλι. Κρατάω τα μάτια μου ευθεία μπροστά. Η καφέ αρκούδα στέκεται. Το πρόσωπό του είναι απαθές, σχεδόν σαν καθρέφτης του μπαμπά. Σιωπηλά, ανεβαίνουμε και οδηγούμε αργά τα άλογά μας μακριά από την κολασμένη σκηνή.

ΚΕΦΆΛΑΙΟ ΔΕΚΑ΄ΕΞΙ

Τα όρια του ράντσου είχαν μόλις φθάσει, όταν ο Καφέ Αρκούδος *προσγείωσε* το άλογό του και κάθισε, γυρνώντας να κοιτάξει *πίσω* του.

"Τι είναι;" ρώτησε ο Ρούμπεν, σταματώντας δίπλα στον Ινδιάνο.

Σιωπηλή σαν την ομίχλη, η Καφέ Αρκούδα γλίστρησε από το άλογό της και γονάτισε. Ο Ρούμπεν *παρακολουθούσε*, με όλη του την προσοχή στραμμένη σε αυτό *που* έκανε ο Ινδιάνος στη συνέχεια.

Σφίγγοντας το ένα αυτί στο έδαφος, η Καφέ Αρκούδα *παρέμεινε* σε αυτή τη στάση για αρκετή ώρα, μέχρι *που* τελικά σηκώθηκε, με τα στενά μάτια στραμμένα *προς* την κατεύθυνση του ράντσου. "Κάποιος μας ακολουθεί", είπε *απλά* και έκανε νόημα στον νεαρό να τον ακολουθήσει.

Ο Ρούμπεν γονατίζει, βάζει το αυτί του κοντά στη γη και ακούει με κλειστά μάτια. Προσπαθεί να ακούσει. Στην αρχή, δεν ακούει τίποτα.

"Συγκεντρώστε όλες τις αισθήσεις σας σε αυτό το σημείο", είπε η Καφέ Αρκούδα. "Αποκλείστε όλα τα άλλα, ακόμη και τη φωνή μου από τώρα και στο εξής. Αφήστε το μυαλό σας να διεισδύσει βαθιά κάτω από το έδαφος. Πουθενά αλλού."

Διστάζοντας για ελάχιστες στιγμές, ο Ρούμπεν ακολούθησε τις οδηγίες της Καφέ Αρκούδας. Κλείνοντας τα μάτια του, φαντάστηκε τον εαυτό του να εξαφανίζεται μέσα στη γη. Το σκοτάδι τον κυρίευσε. Η μυρωδιά του υγρού χώματος, το θρόισμα κάποιου πράγματος. Ένα ζώο; Κάτι. Συγκεντρωμένος με κάθε ίνα της ύπαρξής του, σκέφτεται, πιστεύει... Και τότε, ως δια μαγείας είναι εκεί, το βουητό των αλόγων!

"Θεέ μου." Ασυναίσθητα ο Ρούμπεν βγάζει το Dragoon του Λανς και, αφού ελέγξει το φορτίο του, το βάζει πίσω στο ζωνάρι του. "Μπορώ να το ακούσω". Η Καφέ Αρκούδα χαμογελάει. "Θα περιμένουμε να μας προλάβει όποιος κι αν είναι;"

Ανασηκώνοντας τους ώμους του, ο Καφέ Αρκούδος ανέβηκε στην πλάτη του αλόγου του. "Δεν θα επιχειρήσει τίποτα στο φως της ημέρας. Όταν κατασκηνώσουμε, θα είμαστε έτοιμοι".

"Πώς ξέρεις ότι υπάρχει μόνο ένας από αυτούς;"

Η καφέ αρκούδα έδειξε το έδαφος. "Έλεγξε ξανά μόνος σου, νεαρέ φίλε. Συγκεντρώσου στην ακοή σου και σε τίποτα άλλο. Πήγαινε όλο και πιο βαθιά. Ακούστε το ρυθμό του αλόγου. Κλείσε τα μάτια σου και δες το στο μυαλό σου".

Χωρίς κανένα δισταγμό, ο Ρούμπεν κατέβηκε και επανέλαβε τις ενέργειες, κλείνοντας τα μάτια του, με το στόμα του να σχηματίζει μια λεπτή γραμμή.

"Θεέ μου", είπε σιγά-σιγά, "το ακούω!" Κοίταξε ψηλά, με το πλατύ χαμόγελο να χωρίζει το πρόσωπό του σχεδόν στα δύο. "Κύριε, κόψε μου την ανάσα, αλλά μπορώ να το ακούσω! Καφέ αρκούδα, το ακούω! Ακριβώς όπως είπες – υπάρχει μόνο ένας".

Ο Ινδιάνος ανταπέδωσε το χαμόγελο. "Έτσι,

μπορείτε τώρα να απαντήσετε στην ίδια σας την ερώτηση".

"Αλλά ..." Ο Ρούμπεν κούνησε το κεφάλι του καθώς έβαλε το αυτί του στο έδαφος για δεύτερη φορά. "Είναι τόσο δύσκολο να το καταλάβεις. Δεν θα ήξερα ότι αυτός ο ήχος ήταν καβαλάρης αν δεν μου το είχες πει και να μαντέψω για το πόσοι ..."

"Αυτό θα έρθει, φίλε μου. Εξάσκηση. Αυτή είναι η απάντηση για την κατάκτηση οποιασδήποτε δεξιότητας".

"Μάλλον έτσι είναι." Στρέφοντας το πρόσωπό του προς την κατεύθυνση που είχαν έρθει, κούνησε το κεφάλι του. "Ακόμα δεν μας λέει ποιος είναι ή γιατί μας ακολουθούν".

"Πρέπει να τον ρωτήσουμε."

"Πώς θα το κάνουμε αυτό;"

Η καφέ αρκούδα χαμογέλασε. "Περίμενε και θα δεις."

Στην παλιά καμπίνα ετοιμάστηκαν. Με τα άλογα να μην είναι ορατά στο γύρω δάσος, εγκαταστάθηκαν ανάμεσα στους βράχους και περίμεναν. Ο Ρούμπεν δεν μπόρεσε να μην ρίξει μια ματιά προς το μέρος όπου παρέμεναν τα πτώματα. Σε αργή αποσύνθεση, κάθε λογής ζώα είχαν μασήσει τα μαλακά μέρη του σώματος. Καθώς οι περισσότεροι νεκροί βρίσκονταν ανάμεσα στα δέντρα, ήταν δύσκολο για τα όρνεα να τους προσεγγίσουν, αλλά με όλα τα υπόλοιπα είχαν γευματίσει καλά.

"Τι τρόπος να τελειώσεις τη ζωή σου", σκέφτηκε δυνατά ο Ρούμπεν Κόουλ.

Η Καφέ Αρκούδα χλεύασε: "Επέλεξαν το δρόμο τους, φίλε μου. Μην κατηγορείς τον εαυτό σου για αυτό που ήταν απαραίτητο".

Ο Ρούμπεν γρύλισε. "Υποθέτω."

Ετοιμαζόταν να προσθέσει κάτι ακόμα, για το ότι ούτε ο ίδιος είχε επιλέξει ποτέ αυτή τη ζωή για τον εαυτό του. Ότι είχε όνειρα και ελπίδες, καμία από τις οποίες δεν περιλάμβανε το να πυροβολεί ανθρώπους. Αλλά τότε, ενώ είχε διατυπώσει διάφορες σιωπηλές απαντήσεις, ο αναβάτης ήρθε από πάνω τους. Ψηλός στη σέλα, με ένα κασκόλ γύρω από το στόμα του για να τον προστατεύει από το κρύο, κατεύθυνε το άλογό του προς τα σπασμένα σκαλοπάτια της εισόδου της καλύβας. Σταμάτησε και σάρωσε το περιβάλλον προτού πηδήξει κάτω. Έβαλε τα χαλινάρια γύρω από τον πλησιέστερο στύλο που στήριζε ό,τι είχε απομείνει από τη στέγη της βεράντας και έκανε να ανέβει τα σκαλιά.

Η Καφέ Αρκούδα βγήκε από τη μία πλευρά της καμπίνας, ο Ρούμπεν από την άλλη. Και οι δύο είχαν τραβήξει τα όπλα τους.

Ο άνδρας χαμογέλασε. "Γεια σου, Ρούμπεν".

"Γεια σου, Λανς." Ο Ρούμπεν χαμήλωσε τη σφύρα του Κολτ Ντραγκούν του, ώστε να είναι μισοκλειδωμένη. "Ξεκούμπωσε τη ζώνη με το όπλο σου και μετά πες μας τι στο διάολο κάνεις εδώ".

"Δεν θα με πυροβολήσεις, έτσι δεν είναι, Ριμπς; Δεν θα το έκανες αυτό τώρα, έτσι δεν είναι, όχι στον παλιό σου φίλο;"

"Μην βασίζεσαι σε αυτό, Λανς", και για να τονίσει τα λόγια του, ο Ρούμπεν όπλισε πλήρως το τεράστιο πιστόλι που κρατούσε στο χέρι του.

Ο Λανς κοίταξε το βαρέλι και φάνηκε να βυθίζεται μέσα του. Κοίταξε επίμονα την Καφέ Αρκούδα πριν επιστρέψει το κοκκινισμένο πρόσωπό του προς τον Ρούμπεν. Αναστέναξε. "Είσαι εραστής των Ινδιάνων τώρα, Ρούμπς;"

Το Ναυτικό της Καφέ Αρκούδας ήταν

στραμμένο ακλόνητα προς το στομάχι του Λανς. "Το όπλο", είπε ήσυχα.

"Δεν μπορείς να με διατάζεις, κοκκινόδερμε σονόφα σου".

"Μπορώ", είπε ο Ρούμπεν, με τη φωνή του ψυχρή, επίπεδη, χωρίς συναίσθημα. Ωστόσο, δεν μπορούσε να κρύψει το νόημα των λόγων του, και για μια στιγμή ο Λανς ταλαντεύτηκε λίγο, σαν να ήταν ξαφνικά αδύναμος και φοβισμένος. Η ένταση έφυγε από τους ώμους του και ξεκούμπωσε αργά τη ζώνη του και την άφησε να πέσει στο έδαφος με ένα βαρύ χτύπημα.

Η καφέ αρκούδα προχώρησε μπροστά και πήρε την εξέδρα. Οπισθοχωρώντας, με το όπλο του ακόμα στραμμένο στον καουμπόη, έβαλε τη ζώνη του όπλου στον ώμο του.

Κουνώντας το κεφάλι του, απογοητευμένος, ίσως και λυπημένος, ο Λανς ανέπνευσε: "Με απογοητεύεις, Ριμπς".

"Μη με πατρονάρεις, Λανς".

Το κεφάλι του σηκώθηκε. "Πατρονάρισμα; Τι στο διάολο είναι αυτό, κάποιος ηλίθιος φανταχτερός τρόπος για να μου πεις ότι είμαι ηλίθιος; Αυτό είναι; Είχες το κεφάλι σου στα καταραμένα βιβλία σου για πάρα πολύ καιρό, αγόρι μου. Αντί να ξέρεις ποια είναι η θέση σου στη ζωή, επέλεξες να γυρίσεις την πλάτη στην οικογένειά σου, στο καθήκον σου και να τρέξεις με αυτό το ..." Κούνησε ένα δάχτυλο προς την Καφέ Αρκούδα. "Προσεύχομαι να σε συγχωρέσει ο Θεός, Ρούμπεν, γιατί ο πατέρας σου σίγουρα δεν το κάνει. Ούτε κι εγώ".

"Τι είναι αυτά που λες, Λανς;"

"Μιλάω για σένα. Εκείνο το ξέσπασμα στο ράντσο. Πραγματικά του κάρφωσες μαχαίρι στην καρδιά με όλη αυτή τη συζήτηση για τη μαμά σου και τον Μπίλι. Παραλίγο να τον τσακίσεις".

"Τον έσπασε; Αυτός ο άνθρωπος είναι σπασμένος μόνο εξαιτίας των δικών του επιλογών! Ποτέ δεν αγάπησε τη μητέρα μου, ποτέ δεν της έδωσε ούτε μια στιγμή στοργής. Ούτε εμένα, για την ακρίβεια. Μου δυσανασχετούσε που ήρθα σε αυτόν τον κόσμο και του στέρησα την ελευθερία του να κάνει αυτό που ήθελε να κάνει. Είναι εγωιστής, ψυχρός και άκαρδος".

"Αν δεν είχες αυτό το όπλο στο χέρι σου, ή τον κοκκινόδερμο φίλο σου εδώ, θα σε χτυπούσα για τα όσα μόλις είπες".

"Λοιπόν, διάολε, Λανς, μην αφήσεις την Καφέ Αρκούδα να σε σταματήσει. Όσο.γι' αυτό", ζύγισε το Dragoon στο χέρι του, χαλάρωσε τη σφύρα και το άφησε απαλά σε έναν κοντινό βράχο.

"Ρούμπεν", είπε ήσυχα η Καφέ Αρκούδα, "μην το κάνεις αυτό. Θα σε νικήσει".

Ο Λανς γέλασε με αυτό. Ένα μεγάλο, ξεκαρδιστικό γέλιο που συνοδευόταν από το ότι έριχνε το κεφάλι του προς τα πίσω. "Να πάρει, , αυτό είναι κάτι που ήθελα να κάνω από πάντα, κακομαθημένο παλιόπαιδο". Έριξε μια ματιά προς τον Ινδιάνο. "Κράτα το δάχτυλο που σε τρώει στη σκανδάλη υπό έλεγχο τώρα, αγόρι μου".

"Μην ανακατεύεσαι, Καφέ Αρκούδα".

Το χαμόγελο του Lance διευρύνθηκε ακόμη περισσότερο. "Πόσο χρονών είσαι τώρα, Ριμπς;"

"Δεκαπέντε." Ανασήκωσε τους ώμους. "Σχεδόν."

"Λοιπόν, αυτό είναι όσο πιο κοντά στο να είσαι άντρας γίνεται. Μπορείς να αντέξεις αυτό το ξύλο σαν άντρας. Θα σε βοηθήσει να μεγαλώσεις." Γύρισε το πρόσωπό του μακριά και έφτυσε στο χώμα. "Ας ξεκινήσουμε."

. . .

Η Καφέ Αρκούδα στεκόταν λίγο πιο μακριά και παρακολουθούσε τον Λανς να διαλύει συστηματικά και ανελέητα τον Ρούμπεν. Ο νεαρός αμύνθηκε γενναία, αλλά ο Λανς αποδείχτηκε πολύ δυνατός, πολύ έμπειρος. Οι γροθιές του με τα δερμάτινα γάντια έσκαγαν στα πλευρά, χτυπούσαν τα μάτια και τη μύτη. Κάποιες αδύναμες αποκρούσεις επέτρεψαν στον Ρούμπεν να αντιδράσει και να χτυπήσει περιστασιακά, αλλά ο Λανς τις απέκρουσε με γέλιο. Ένα τελευταίο, βαρύ αριστερό χέρι χτύπησε στο πλάι του κεφαλιού του Ρούμπεν, ρίχνοντάς τον με συνοπτικές διαδικασίες στο έδαφος.

Απομακρυνόμενος, αναπνέοντας βαριά, αλλά με ένα πρόσωπο γεμάτο ενθουσιασμό, ο Λανς χαμογέλασε στον πεσμένο αντίπαλό του. "Καλύτερα να σηκωθείς, αγόρι μου, αλλιώς θα σε κλωτσήσω μέχρι θανάτου εκεί πέρα".

"Αρκετά", είπε η Καφέ Αρκούδα, κάνοντας ένα βήμα προς τον καουμπόη.

"Όχι, μην ανακατεύεσαι, άπιστε! Αυτό το αγόρι πρέπει να πάρει ένα μάθημα".

"Έχει διδαχθεί."

"Όχι ακόμα!"

Η Καφέ Αρκούδα είδε τον Ρούμπεν να πέφτει στα γόνατα, με το αίμα να στάζει από το στόμα και τη μύτη. Το πρόσωπο χαραγμένο από τον πόνο, ο νεαρός κοίταξε στα μάτια του φίλου του και υπήρχε κάτι σαν λύπη ή ακόμα και παραδοχή ότι είχε κάνει λάθος.

"Σταμάτα τώρα, Ρούμπεν", είπε η Καφέ Αρκούδα, ξέροντας, ακόμα και καθώς παρακαλούσε τον νεαρό φίλο του, ότι καμία κουβέντα δεν επρόκειτο να τον μεταπείσει. Έτσι, κοίταξε τον Ρούμπεν να σκαρφαλώνει ασταθώς στα πόδια του, να ρουφάει μια τεράστια ανάσα, να σκύβει, να γυρίζει και να κουνάει τη γροθιά του.

Ο Λανς έσκυψε κάτω από το χτύπημα με ευκολία και χτύπησε με το δεξί στα σωθικά του Ρούμπεν, διπλώνοντάς τον. Ένα μοχθηρό αριστερό σταυρό το τελείωσε.

Ο Ρούμπεν ήταν ξαπλωμένος με τη μύτη του στο χώμα, με το αίμα να τρέχει γύρω του. Δεν κουνιόταν.

Η Καφέ Αρκούδα θα έπρεπε να ξέρει τι θα έκανε ο Λανς στη συνέχεια, αλλά ήταν *πολύ* ζαλισμένη από την απόλυτη ήττα του Ρούμπεν για να καταλάβει οτιδήποτε. Καθώς τον κοιτούσε με ανοιχτό το στόμα, ο καουμπόι γύρισε χαμηλά και η γροθιά του χτύπησε τη μέση του Brown Bear.

Ο αέρας βγήκε από το σώμα του Ινδιάνου και, διπλά λυγισμένος, αγκομαχώντας για αναπνοή, παραπατούσε μακριά, χωρίς να μπορεί να κάνει τίποτα για την κλωτσιά που έσπασε κάτω από το πηγούνι του και τον εκτόξευσε *προς τα πίσω*. Προσγειώθηκε ανάσκελα με ένα τράνταγμα και ξάπλωσε εκεί, με κύματα σύγχυσης και *πόνου* να τον διαπερνούν.

Πέρασαν δευτερόλεπτα. Έχοντας αμυδρή επίγνωση του *περιβάλλοντός* του, είδε μέσα από ένα είδος ομίχλης, τον Λανς να αρπάζει το όπλο του *που* είχε *πέσει* από τον ώμο της Καφέ Αρκούδας.

"Σήκω *πάνω*", γρύλισε ο Λανς, τραβώντας *προς τα πίσω* τη σφύρα του Navy Colt με αρκετή ικανοποίηση. Το αστραφτερό του χαμόγελο προσέδιδε στο *πρόσωπό* του μια *παράξενα* τρομακτικά άγρια όψη. Έδειχνε να το απολαμβάνει, αυτή η ξαφνική ανατροπή του σκηνικού.

Γνωρίζοντας ότι δεν μπορούσε να κάνει τίποτε άλλο από το να συμμορφωθεί, η Καφέ Αρκούδα σηκώθηκε όρθια. Το όπλο του Ρούμπεν βρισκόταν αρκετά μέτρα μακριά, πολύ μακριά για να μπορέσει να κάνει μια κίνηση προς το μέρος του. Έτσι κι αλλιώς, αμφιβάλλει αν θα μπορούσε να κάνει τα πόδια του να δουλέψουν καλά. Ο Λανς μπορούσε να χτυπήσει, και μάλιστα δυνατά.

"Σηκώστε το αγόρι και μεταφέρετέ το στην καμπίνα. Μπορείς να τον φροντίσεις."

"Δεν νομίζω ότι μπορώ. Πρέπει να μου δώσετε ένα λεπτό". Κούνησε το κεφάλι του. "Δεν νομίζω ότι με έχουν χτυπήσει ποτέ τόσο δυνατά".

Ο Λανς χαμογέλασε. "Έπρεπε να το είχες σκεφτεί αυτό πριν προσπαθήσεις να με κρατήσεις".

"Όχι, δεν το κάναμε. Μας ακολουθήσατε".

"Ήθελα μόνο να μάθω πού πηγαίνεις. Ποτέ δεν πίστευα ότι θα ερχόσουν εδώ". Γύρισε το κεφάλι του προς την καμπίνα. "Αυτό είναι ένα απαίσιο μέρος, κοκκινοσκουφίτσα. Αυτό που συνέβη εδώ είναι κάτι που θα έπρεπε να αφήσετε όλοι σας ήσυχους. Δεν έπρεπε ποτέ να έρθετε σε αυτό το σημείο". Φάνηκε να μετράει τα πτώματα που κείτονταν εκεί κοντά. "Τι στο διάολο κάνουν εδώ αυτά τα πτώματα;"

"Αυτοί οι άντρες που βλέπετε, ήρθαν να σκοτώσουν τον Ρουβήν, γι' αυτό που έκανε. Νομίζουμε ότι κάποιοι ξέφυγαν. Θα επιστρέψουν."

"Θα το κάνουν, μα τον ουρανό; Λοιπόν, καλύτερα να κινηθούμε γρήγορα. Θέλω να φτιάξω το αγόρι για να μπορέσουμε να γυρίσουμε στο ράντσο. Ο κύριος Κόουλ είναι πολύ θυμωμένος και θέλει να τιμωρήσει το αγόρι του και να σε κρεμάσει. Όπως θα έπρεπε να είχε κάνει πριν". Γέλασε. "Αν το αγόρι του δεν είχε προσπαθήσει να παρέμβει, θα μπορούσαμε όλοι να συνεχίσουμε να ζούμε τη ζωή μας".

"Αυτό πιστεύεις;"

"Είναι αυτό που ξέρω, Redskin. Είσαι παράσιτο και όπως όλα αυτά τα παράσιτα, το μόνο καλό μέρος για σένα είναι βαθιά μέσα στο χώμα. Νεκρός."

Έκανε μια έντονη χειρονομία με το όπλο, και η Καφέ Αρκούδα, με τη δύναμη να επιστρέφει στα άκρα της, πήγε επιτέλους στο πεσμένο σώμα του Ρούμπεν και τον σήκωσε στα χέρια της.

ΕΝΝΗΜΈΝΟΣ ΝΑ ΠΑΡΑΚΟΛΟΥΘΕΊ

μέρος για σένα είναι βαθιά μέσα στο χώμα. Νεκρός."

Έκανε μια έντονη χειρονομία με το όπλο, και η Καφέ Αρκούδα, με τη δύναμη να επιστρέφει στα άκρα της, πήγε επιτέλους στο πεσμένο σώμα του Ρούμπεν και τον σήκωσε στα χέρια της.

ΚΕΦΆΛΑΙΟ ΔΕΚΑΕΠΤΆ

Κάθομαι σε μια καρέκλα, με μαξιλάρια πίσω από την πλάτη μου, με υγρό πανί στα πρησμένα χείλη μου. Μέσα από ένα μισόκλειστο μάτι, βλέπω την Καφέ Αρκούδα να ξεπλένει ένα άλλο πανί, με το νερό να τρέχει κόκκινο από το αίμα μου. Εκπλήσσομαι που το νερό ρέει ακόμα τόσο καθαρά από τη χειροκίνητη αντλία στην οποία εργάζεται. Υποψιάζομαι ότι αυτή η καμπίνα δεν έχει εγκαταλειφθεί τόσο καιρό όσο φαινόταν αρχικά.

Απέναντί μου είναι ο Λανς. Έχει το όπλο μου στα γόνατά του, το όπλο της Καφέ Αρκούδας στο ζωνάρι του και το δικό του στη ζώνη του όπλου που έχει πλέον ανακτηθεί. Μοιάζει με ένα μονοπρόσωπο οπλοστάσιο θανάτου. Έχει περισσότερο βάθος απ' ό,τι φανταζόμουν. Όταν σηκώθηκα για να τον πολεμήσω, δεν είχα ιδέα πόσο τρομερός ήταν. Με διέλυσε και δεν είχα καμία ελπίδα. Το μίσος μου γι' αυτόν έχει ξεπεράσει κατά πολύ τα όρια της φύσης, αλλά αυτό δεν σημαίνει ότι δεν τον θαυμάζω. Δεν είναι το είδος του ανθρώπου που μπορεί κανείς να κάνει εχθρό του και αυτό ακριβώς έκανα.

Στρέφω το μυαλό μου στο τι μπορεί να συμβεί

στη συνέχεια. Ξέρω ότι ο Λανς δεν είναι άνθρωπος που μπορεί να διαπραγματευτεί, ότι όταν το μυαλό του είναι προσηλωμένο σε μια πορεία δράσης, τίποτα δεν θα τον αποπροσανατολίσει από αυτήν. Και όμως, γνωρίζω ότι αυτοί οι άλλοι, αυτοί οι άνδρες που ήρθαν να με σκοτώσουν, θα επιστρέψουν. Θα μπορούσαμε να χρησιμοποιήσουμε τον Λανς. Τις ικανότητές του, την εμπειρία του. Εν ολίγοις, τον χρειαζόμαστε.

"Τι σκέφτεσαι, αγόρι μου;" ρωτάει.

"Έχουμε μπλέξει άσχημα, Λανς". Σχεδόν γελάω. Αυτό βγαίνει ως "είμαστε σε μεθύσι, Τζεθ" λόγω του πρηξίματος γύρω από το στόμα μου. Δεν είχε σκοπό να είναι αστείο και ο Λανς, ευτυχώς, δεν αντιδρά σαν να ήταν. Απλώς ανασηκώνει τους ώμους του.

"Και λοιπόν;"

"Θα έρθουν σύντομα. Πρέπει να ετοιμαστούμε".

"Έχει δίκιο", λέει η Καφέ Αρκούδα, στύβοντας το πανί της. Έχει γυρίσει την πλάτη του προς το μέρος μου, ώστε να μην μπορώ να δω το πρόσωπό του, αλλά μπορώ σχεδόν να ακούσω τη λειτουργία του μυαλού του.

"Τότε πρέπει να φύγουμε", λέει ο Lance και σηκώνεται.

"Πώς ξέρεις γι' αυτό το μέρος;"

Είναι η Καφέ Αρκούδα. Δεν γυρίζει και δεν μπορώ να διαβάσω τίποτα στην έκφρασή του, αλλά τα λόγια του έχουν τόσο μεγάλο βάρος, τόσο μεγάλη πρόθεση.

"Τι;"

"Είπατε ότι ήταν ένα φοβερό μέρος, ότι δεν έπρεπε να προσπαθήσουμε να μάθουμε τι συνέβη. Τι συνέβη;"

Βλέπω τον Λανς να ρίχνει μια ματιά στη γυναίκα, το άκαμπτο, μαυρισμένο σώμα της, το δέρμα της σαν καμένη, μαυρισμένη περγαμηνή, μια γκροτέσκο καρικατούρα ανθρώπου. Αν την άγγιζε κανείς, θα διαλυόταν σε χίλια θραύσματα τραγανής, ξηρής σάρκας.

"Henderson."

Παραλίγο να πνιγώ. "Χέντερσον;"

"Δεν το πρόσεξες;" Ο Λανς σκύβει και μαζεύει ένα πεταμένο αποτσίγαρο. Ψάχνω το πάτωμα και βλέπω ότι υπάρχουν πολλά. "Ήρθε εδώ για να τη συναντήσει. Ήταν εραστές".

"Χέντερσον;" Είπα ξανά. Δεν μπορούσα να το πιστέψω. Κούνησα το κεφάλι μου, ανατριχιάζοντας, καθώς βίδες πόνου διαπερνούσαν το κρανίο μου. "Ο Χέντερσον έστησε αυτή τη γυναίκα εδώ, σε αυτό το απομακρυσμένο μέρος, για να ...; Όχι, δεν μπορώ να το πιστέψω".

"Δεν με νοιάζει τι πιστεύεις, αγόρι μου. Ο Χέντερσον την επισκέφτηκε, την κράτησε, και όταν εκείνη απείλησε να τα αποκαλύψει όλα, τη σκότωσε".

"Γιατί;" Ήταν η Καφέ Αρκούδα. "Γιατί να τη δολοφονήσει για αυτό που επρόκειτο να αποκαλύψει; Γιατί ήταν τόσο σημαντικό;"

"Μη σε νοιάζει, κοκκινοσκουφίτσα. Απλά φτιάξε λίγο ακόμα το παιδί και μετά θα συνεχίσουμε το δρόμο μας".

"Είναι αργά. Σύντομα θα σκοτεινιάσει".

"Θέλεις να μείνεις εδώ, με αυτό;" Δείχνει την ανοιχτή πόρτα του υπνοδωματίου και πέρα από αυτήν, το πτώμα. Περνάει προς το άνοιγμα και κοιτάζει μέσα. "Ανάθεμα τα μάτια σου, γιατί ήρθες εδώ; Γιατί δεν μπορούσες να τα αφήσεις όλα ήσυχα;"

Κλείνει την πόρτα και γυρίζει, μοιάζοντας σαν να βρίσκεται σε φρενίτιδα, με το σώμα του να παθαίνει άγριους σπασμούς, το κεφάλι του να τρέμει, τα δόντια του να τρίζουν. Η εγγύτητα της γυναίκας του προκάλεσε αυτές τις περίεργες αλλαγές, ή μήπως ήταν η αποκάλυψη για τον Χέντερσον; Η αντίδρασή του είναι ενοχλητική πέρα από τις λέξεις.

Και τότε όλα συμβαίνουν ταυτόχρονα, πολύ γρήγορα για να μπορέσω να τα καταγράψω ή να τα βάλω σε κάποια λογική σειρά.

Βλέπω τον Lance να οπλίζει το Dragoon και αναρωτιέμαι, με φόβο, τι πρόκειται να κάνει.

Σε μια θολούρα, η Καφέ Αρκούδα γυρίζει. Κρατάει το κυνηγετικό του μαχαίρι με τη βαριά λεπίδα στη γροθιά του.

Ένα άλογο ουρλιάζει έξω. Φωνές φλυαρούν ενθουσιασμένες. Είναι δύσκολο να υπολογίσει κανείς πόσοι είναι. Περισσότεροι από τρεις ίσως;

Η λεπίδα χτυπάει στο στήθος του Lance και εκείνος λαχανιάζει από έκπληξη. Με ορθάνοιχτα μάτια, κοιτάζει ψηλά και παλεύει να σχηματίσει λέξεις. Αλλά το στόμα του αρνείται να λειτουργήσει. Συνθλίβεται, το Dragoon γλιστράει από τα δάχτυλά του.

Η καφέ αρκούδα κινείται σαν γάτα και αρπάζει το τεράστιο περίστροφο.

Και τότε κάποιος εισβάλλει από την μπροστινή πόρτα.

ΚΕΦΑΛΑΙΟ ΔΕΚΑΟΚΤΩ

Για μια παγωμένη στιγμή, όλα είναι ακίνητα. Ο χτύπος της καρδιάς χτυπάει στο λαιμό μου. Πέρα από τον έλεγχό μου, είναι η μόνη μου κίνηση καθώς κοιτάζω τον όγκο του άντρα που γεμίζει την πόρτα, με το πρόσωπό του βαθιά μέσα στη σκιά. Ένα πιστόλι φλέγεται, ο εκρηκτικός ήχος σε αυτόν τον μικρό χώρο είναι καταιγιστικός. Τα αυτιά μου βουίζουν από αυτόν και πέφτω στα γόνατα, σφίγγοντας τα χέρια μου στα αυτιά μου.

Με το κεφάλι μου να γυρίζει από τη σύγχυση και το φόβο, βρίσκω τον εαυτό μου να παρασύρεται σε μια άλλη ύπαρξη, με τις εικόνες της μητέρας μου να αναβοσβήνουν μπροστά μου. Κρατάει το χέρι μου στο δικό της και με οδηγεί σε μια κυλιόμενη θέα από αμμόλοφους, όπου μικρές συστάδες από χόρτο Bahia διαπερνούν το κίτρινο-οχρώδες έδαφος. Η ζεστασιά του ήλιου στην πλάτη μου και η εγγύτητα της μητέρας μου συνδυάζονται για να με γεμίσουν με μια υπέροχη αίσθηση ευεξίας. Όλα είναι καλά. Είμαι ασφαλής.

"Λανς;"

Ο ήχος της φωνής με επαναφέρει στο παρόν. Ανοιγοκλείνω τα μάτια αρκετές φορές και βλέπω τον μεγαλόσωμο άντρα να περνάει με βήμα μέσα στο δωμάτιο προς το σημείο όπου ο Λανς κάθεται πιεσμένος στον τοίχο, με τα μάτια του ορθάνοιχτα από έκπληξη. Τα χείλη του τρέμουν, η φωνή του είναι εύθραυστη. "Θεέ μου, Φλόιντ, το έχουν κάνει για μένα αυτό είναι σίγουρο".

Τότε, καθώς τα σύννεφα χωρίζουν, βλέπω ποιος είναι ο άνθρωπος. Ο Χέντερσον πέφτει στα γόνατά του και φωνάζει: "Μάιλς, φέρε νερό!"

Καθώς κοιτάζω σιωπηλά, παγώνω μέχρι το κόκαλο, ένα απαίσιο, υφέρπον συναίσθημα που μου λέει ότι τίποτα από όλα αυτά δεν πρόκειται να τελειώσει καλά.

Ο Χέντερσον στηρίζει το κεφάλι του Λανς και όταν ο Μάιλς Μονρό, ένας από τους νεότερους καουμπόηδες του ράντσου, εισβάλλει στο δωμάτιο, παίρνει το παγούρι από το χέρι του νεαρού και ρίχνει νερό στο στόμα του Λανς.

"Ήρεμα", λέει ο Χέντερσον καθώς ο Λανς βήχει και φλυαρεί. Έχω ακούσει να λένε ότι το νερό δεν κάνει καλό σε μια πληγή στο στομάχι, αλλά στο στήθος, δεν είμαι τόσο σίγουρος. Ίσως, αν η λεπίδα δεν πέτυχε την καρδιά και τους πνεύμονες, ο Λανς να τα καταφέρει.

Μια κίνηση στα αριστερά μου τραβάει την προσοχή μου. Είναι η Καφέ Αρκούδα, που κρατάει το ένα της χέρι, με το αίμα να τρέχει ανάμεσα στα δάχτυλά της, ενώ το κατεστραμμένο Colt's Dragoon βρίσκεται στα πόδια της, διαλυμένο από την τέλεια βολή του Henderson. Πάω να κινηθώ προς το μέρος του.

"Μείνε εκεί που είσαι, αγόρι μου!"

Στρέφω το κεφάλι μου προς τον Χέντερσον, του οποίου το όπλο είναι στραμμένο προς το μέρος μου.

"Μάιλς, κράτα το πιστόλι σου σε αυτόν τον κοκκινόδερμο διάβολο. Εσύ", μου κουνάει το όπλο του, "σήκω και βοήθησε τον Λανς έξω".

"Μα Χέντερσον, δεν μπορώ..."

"Κάν' το, αλλιώς θα σου ανοίξω μια τρύπα και θα πω στον πατέρα σου ότι το έκανε αυτός ο άγριος. Τώρα κουνήσου."

Δεν μπορώ να κάνω τίποτα, δεν έχω επιχειρήματα να προβάλω. Η ζωή μου κινείται στο χείλος του γκρεμού και έτσι, παρά την αδυναμία μου, πηγαίνω στον Lance και προσπαθώ με κάθε τρόπο να τον σηκώσω, αλλά είναι ένα νεκρό βάρος. Ο Χέντερσον κάνει νόημα στον Μάιλς να βοηθήσει, ενώ στρέφει το όπλο του στην Καφέ Αρκούδα.

Βγαίνουμε έξω, ο Μάιλς κι εγώ κουβαλώντας τον Λανς ανάμεσά μας. Εγώ έχω τα πόδια του, ο Μάιλς τους ώμους. Ο Λανς, με τα μάτια του να γυρίζουν στο κεφάλι, είναι σταχτί και το μαχαίρι, που προεξέχει φρικτά από το στήθος του, είναι φανερό ότι του αφαιρεί το αίμα της ζωής του. Αγωνιζόμαστε μέχρι εκεί που είναι δεμένα τα άλογα και κάνουμε ό,τι μπορούμε για να τον βάλουμε στην πλάτη ενός από τα θηρία. Βογκάει φρικτά και συνειδητοποιώ, με τρόμο, ότι κατά λάθος χτυπήσαμε το μαχαίρι πάνω στην πληγή.

"Θεέ μου, Μάιλς! Κατέβασέ τον, γρήγορα!"

Σαν ένα τρελό χάος φοβισμένων ζώων, ξαπλώσαμε στο έδαφος. Η αναπνοή του είναι δύσκολη και ο ιδρώτας στο μέτωπό του στάζει σαν νερό από τους πόρους του. Ξέρω ότι είναι κοντά στο θάνατο.

"Πρέπει να βγάλουμε αυτό το μαχαίρι", λέει ο Μάιλς, δείχνοντας τόσο φοβισμένος όσο νιώθω κι εγώ.

"Πώς θα το κάνουμε αυτό;"

"Απλά το πιάνουμε και το τραβάμε έξω, υποθέτω".

"Θεέ μου, Μάιλς, αν το κάνουμε αυτό, θα μας αιμορραγήσει".

"Τότε θα βρούμε κάτι για να τον δέσουμε - ξέρεις, όπως επιδέσμους και τέτοια".

"Δεν έχουμε τίποτα τέτοιο, Μάιλς".

"Θα μπορούσαμε να χρησιμοποιήσουμε σεντόνια από ένα από τα κρεβάτια μέσα στην καμπίνα. Μπορούμε να τα κόψουμε σε λωρίδες. Το κάναμε αυτό κατά τη διάρκεια του Μεξικανικού πολέμου. Δούλευε πολύ καλά."

"Αλλά αυτά τα σεντόνια είναι βρώμικα, Μάιλς, ακόμα κι αν υπάρχουν".

"Πήγαινε μέσα και φέρε λίγο".

Σηκώνω τα χέρια μου ψηλά, καθώς η ανάμνηση του πτώματος της γυναίκας που κάθεται στο κρεβάτι, είναι αρκετή για να μου κάνει το στομάχι μου να γίνει χυλός. "Δεν ξαναπάω εκεί μέσα, Μάιλς".

"Γιατί όχι;"

"Χέντερσον", του απαντάω γρήγορα. "Θα με σκοτώσει αν ξαναμπώ μέσα".

Το σκέφτεται για μια στιγμή. Είναι μια λογική δικαιολογία, νομίζω και, από την έκφραση του προσώπου του, φαίνεται να το πιστεύει κι εκείνος. "Αν την κοπανήσεις όσο είμαι εκεί μέσα, θα σε κυνηγήσω, Ρούμπεν, και θα σε σκοτώσω".

"Δεν θα πάω πουθενά, Μάιλς, το υπόσχομαι. Πόσο μακριά υπολογίζεις ότι θα φτάσω; Θα σιγουρευτώ ότι ο Λανς δεν θα βγει έξω, αλλά κάνε γρήγορα. Αυτή η πληγή φαίνεται άσχημη".

Χωρίς άλλη λέξη, ο Μάιλς γνέφει με το κεφάλι και επιστρέφει βιαστικά στην καμπίνα.

Ο Χέντερσον περιμένει μέχρι οι άλλοι να παλέψουν έξω με τον Λανς. Στη συνέχεια περνάει αργά προς την πόρτα και την κλείνει. Ο Καφέ Αρκούδος στέκεται στη μέση του δωματίου και τον παρακολουθεί ενώ τα χέρια του είναι ελαφρώς υψωμένα, ανέκφραστα, παραιτημένος από το τι θα συμβεί στη συνέχεια. Δεν δείχνει φόβο γιατί δεν αισθάνεται φόβο. Αποδέχτηκε τον θάνατο πριν από καιρό και για άλλη μια φορά όταν ετοιμάζονταν να τον κρεμάσουν στο ράντσο του Ρούμπεν.

Χαμογελώντας, χωρίς να γνωρίζει πώς αισθάνεται ο Ινδός, ο Χέντερσον σαρώνει το δωμάτιο, μελετώντας τις γωνίες που έχουν συσσωρευτεί με σκόνη και σκουπίδια μισής ζωής. Δίπλα στην αντλία νερού υπάρχει μια άναρχη ακαταστασία από μεταλλικές κατσαρόλες και τηγάνια, ξεχασμένες από καιρό από όποιον έμενε εδώ. Το σαθρό τραπέζι και οι καρέκλες έχουν φαγωθεί από το σκουλήκι του ξύλου. Τίποτα σε αυτό το κτίριο δεν είναι αξιοποιήσιμο. "Κάποτε πρέπει να ήταν ένα πολύ ωραίο μέρος".

"Το θυμάσαι;"

Ο μεγαλόσωμος άνδρας συνοφρυώνεται. "Το

θυμάσαι; Πώς μπορώ να θυμηθώ ένα μέρος στο οποίο δεν έχω ξαναπάει, μουδιασμένο αγρίμι; Τα αγγλικά σου είναι καλά, αλλά οι αισθήσεις σου είναι όλες εθισμένες. Όπως όλοι εσείς οι άνθρωποι. Παχύς σαν τα σκατά των αλόγων".

Η καφέ αρκούδα γνέφει προς την κλειστή πόρτα του διπλανού δωματίου. "Και εκεί μέσα; Πώς το εξηγείς αυτό;"

"Να εξηγήσω τι;"

"Γιατί δεν ρίχνεις μια ματιά, για να το θυμάσαι".

Ο Χέντερσον γέρνει το κεφάλι του: "Παίζεις μαζί μου, αγόρι μου; Θα μπορούσα να σε σκοτώσω τώρα, για να γλιτώσω τον κ. Κόουλ από τον κόπο να σε κρεμάσει".

"Έτσι κι αλλιώς θα είμαι νεκρός."

"Είσαι ωραίος, έτσι δεν είναι;"

Ο Χέντερσον χαμήλωσε τη σφύρα του πιστολιού του.

"Αφήστε με να πεθάνω γνωρίζοντας ότι είδατε τι κάνατε εδώ".

"Τι στο διάολο είναι αυτά που λες;"

Η καφέ αρκούδα γνέφει προς την πόρτα και πάλι. "Εκεί μέσα. Θα δεις."

Μετά από μια σύντομη εσωτερική συζήτηση με τον εαυτό του, ο Χέντερσον παίρνει την απόφασή του και κατευθύνεται αργά προς την πόρτα της κρεβατοκάμαρας, με το όπλο του πάντα στραμμένο στην Καφέ Αρκούδα. Ανοίγει με ευκολία το χερούλι και σπρώχνει την πόρτα προς τα μέσα.

Ρίχνει μια γρήγορη ματιά.

Την ίδια ακριβώς στιγμή, ο Μάιλς εισβάλλει στην καμπίνα με κομμένη την ανάσα, φρενιασμένος. "Χρειαζόμαστε ένα σεντόνι για να κόψουμε και να τυλίξουμε τις πληγές του Λανς. Θα πεθάνει από αιμορραγία αν δεν..." Σταματάει, στρέφοντας το κεφάλι του από τον Χέντερσον στην Καφέ Αρκούδα και πάλι πίσω. "Τι συμβαίνει;"

Το δωμάτιο είναι νεκρικά ακίνητο, κανείς δεν κινείται σαν να έχει σταματήσει ο ίδιος ο χρόνος.

Ο Χέντερσον βγάζει ένα μακρόσυρτο βογγητό και μπαίνει στο δωμάτιο. Ο Μάιλς, μετά από μια στιγμή δισταγμού, τον ακολουθεί.

Η καφέ αρκούδα δεν περιμένει. Αρπάζει την ευκαιρία και γλιστράει έξω, αθόρυβα σαν το αεράκι, βλέπει τον Ρούμπεν να σκύβει πάνω από το πεσμένο σώμα του Λανς και συνεχίζει στο δάσος, εξαφανιζόμενος ανάμεσα στα δέντρα πριν κανείς καταλάβει ότι έχει φύγει.

ΚΕΦΆΛΑΙΟ ΕΊΚΟΣΙ

"Τι είναι αυτό;"

Ο Ρούμπεν Κόουλ επιστρέφει στην καμπίνα και πλησιάζει αργά προς την πόρτα της κρεβατοκάμαρας. Ο Μάιλς του ρίχνει μια φευγαλέα ματιά. Ο Χέντερσον στέκεται σαν να τον χτύπησε κάτι, με το στόμα του ανοιχτό, τα μάτια του ανοιγοκλείνουν, μπερδεμένα, σαστισμένα. Κοιτάζει προς το κρεβάτι και το πτώμα της άγνωστης γυναίκας.

"Τη βρήκαμε όταν πρωτοήρθαμε εδώ", εξηγεί ο Ρούμπεν.

"Αλλά ποια είναι αυτή;"

"Δεν έχω ιδέα. Σκεφτήκαμε ότι ίσως εσύ να ξέρεις κάτι γι' αυτό".

"Εγώ;"

Ο Χέντερσον γυρνάει, αλλά είναι αφηρημένος, οι αισθήσεις του εξακολουθούν να μην είναι σε θέση να καταλάβουν τι σημαίνει οτιδήποτε. Και καθώς εκείνος χαζεύει και κοιτάζει, ο Ρούμπεν αρπάζει την ευκαιρία, βγάζει το όπλο από τη ζώνη του Μάιλς και κάνει ένα βήμα πίσω, ενεργοποιώντας τη σφύρα. Ο Μάιλς βγάζει ένα στραγγαλιστικό κράξιμο και ο Χέντερσον βογκάει απελπισμένος.

"Πέτα το όπλο σου, Φλόιντ. Δεν το διακινδυνεύω με κανένα από τα δύο σας."

Ο Χέντερσον είναι αποπληκτικός από οργή. Σφίγγει τις γροθιές του και βρυχάται: *"Κροκόδειλοι; Ποιοι στο διάολο είστε..."*

"Πέτα το όπλο σου, Φλόιντ, αλλιώς θα σε ρίξω εγώ".

"Καλύτερα να κάνεις ό,τι σου λέει", λέει ο Μάιλς *απαλά*. Έχει σηκώσει τα χέρια του ψηλά, με την *προσοχή* του στραμμένη στο όπλο. "Το αγόρι είναι *πολύ* τρελό."

"Αν με ξαναπείς "αγόρι", Μάιλς, θα σε *πετάξω* κι εσένα".

Σιωπηλός, ο Χέντερσον βάζει το όπλο του στη θήκη του και ξεκουμπώνει τη ζώνη του. Η συσκευή πέφτει στο έδαφος με έναν κούφιο θόρυβο.

"Τι θα κάνεις τώρα, μεγάλε", είπε ο Χέντερσον.

"Δεν είναι αυτό *που* θα κάνω, Φλόιντ. Αυτό *που* θα κάνεις εσύ".

"Δεν σε καταλαβαίνω."

"Λοιπόν, άσε με να σου το εξηγήσω, καθώς εσύ φαίνεσαι *πιο βαρετός* στο μυαλό από τον Μάιλς εδώ ..."

"Θα σε δείρω όταν τελειώσει αυτό, αγόρι μου. Και θα το κάνω μπροστά στον ίδιο σου τον πατέρα".

"Όταν τελειώσει αυτό, Φλόιντ, θα κρέμεσαι στην άκρη ενός σχοινιού".

Το σαγόνι του Χέντερσον έπεσε. "Τι στο διάολο είναι αυτά *που* λες, αγόρι μου;"

Αυτό ήταν αρκετό για τον Ρούμπεν. Η υπομονή του εξαντλήθηκε, *πετάχτηκε* μπροστά και χτύπησε τον Χέντερσον στη μύτη με την κάννη του όπλου. Ο μεγαλόσωμος άντρας ούρλιαξε και *παραπάτησε* προς τα *πίσω*, πιάνοντας το *πρόσωπό* του. Έπεσε πάνω στο κρεβάτι και *προσγειώθηκε* ανάμεσα στα απομεινάρια της νεκρής κοπέλας, με τα περισσότερα σάπια κόκαλά της να θρυμματίζονται κάτω από το βάρος του. Ούρλιαξε, περισσότερο από τον τρόμο που βρισκόταν ανάμεσα στα κόκαλα παρά από το χτύπημα στο πρόσωπό του, γύρισε και έμεινε εκεί, στα χέρια και στα γόνατα, παρατηρώντας την κηλίδα αίματος στο πάτωμα.

"Σε προειδοποίησα", ανέπνευσε ο Ρούμπεν. "Αν με ξαναπείς έτσι, θα σε σκοτώσω".

"Έχεις γίνει πολύ κακός", είπε ο Μάιλς.

"Λοιπόν, υποθέτω ότι μπορείτε να ρίξετε ένα σωρό ευθύνες γι' αυτό στο κεφάλι του αγαπητού Floyd εκεί πέρα".

Ο Χέντερσον κοίταξε ψηλά. Μέσα από ένα πρόσωπο γεμάτο πόνο, τα μάτια του έκαιγαν με τρομακτική ένταση. Έβγαλε μια λωρίδα αίματος. "Δεν πρόκειται να σε δείρω, Ρούμπεν. Θα σε σκοτώσω. Με την πρώτη ευκαιρία."

"Δεν θα κρατήσω την αναπνοή μου. Εντάξει, Μάιλς. Δέσε τον γέρο-κοτζαμπάση και βγάλ' τον έξω".

"Τι; Είσαι τρελός, Ρούμπεν; Σίγουρα είσαι. Γιατί στο διάολο να θέλω να δέσω τον κύριο Χέντερσον;"

"Επειδή είναι δολοφόνος, γι' αυτό". Και σιγά σιγά, το πρόσωπο του Ρούμπεν διασπάστηκε από ένα σχεδόν μανιακό χαμόγελο. "Δολοφόνησε εκείνο το κορίτσι, ακριβώς εκεί. Η μόνη μου ερώτηση είναι το γιατί".

Ο Μάιλς σφύριξε απαλά. "Και το ξέρεις αυτό στα σίγουρα;"

"Έχω την απόδειξη, αν αυτό εννοείς. Τώρα δέστε τον. Θα τον πάω στο Μπονιφάς και θα βάλω τον αστυνόμο της πόλης να κάνει αυτό για το οποίο πληρώνεται". Έσπασε ξανά τη σφύρα του όπλου μέχρι το τέρμα. "Απονέμει δικαιοσύνη."

Ο Ρούμπεν παρακολούθησε με προσοχή τον Μάιλς να βρίσκει μερικά νήματα λεπτού σχοινιού και να δένει τους καρπούς του Χέντερσον μεταξύ τους, τραβώντας τα χέρια του απότομα πίσω από την πλάτη του μεγαλόσωμου άντρα. Όταν τελείωσε, ο Μάιλς απομακρύνθηκε.

"Ποια είναι αυτή η κοπέλα;"

"Δεν ξέρω", είπε ο Ρούμπεν. "Το μόνο που ξέρω είναι ότι ο Χέντερσον τη σκότωσε, αφήνοντάς την εδώ, χωρίς αμφιβολία, επειδή πίστευε ότι κανείς δεν θα ερχόταν ποτέ να την ψάξει".

"Αυτό δεν είναι αλήθεια", είπε ο Χέντερσον, με τον ιδρώτα να αναβλύζει στο μέτωπό του. "Δεν έχω ξαναπάει ποτέ σ' αυτό το μέρος".

"Αλήθεια;"

"Απόδειξη που είπες", πρόσθεσε ο Μάιλς. "Τι αποδείξεις έχεις, Ρούμπεν;"

"Αυτό", και ο Ρούμπεν έβγαλε ένα αποτσίγαρο από την τσέπη του. "Ήταν πεταμένα στο πάτωμα εδώ. Μόνο ένας άνθρωπος τα καπνίζει αυτά, και αυτός είσαι εσύ, Χέντερσον".

"Ηλίθιε. Οποιοσδήποτε θα μπορούσε να ρίξει αυτά τα αποτσίγαρα. Δεν σημαίνουν τίποτα και το ξέρεις".

"Αλήθεια;" Κρατούσε το αποτσίγαρο. "Αυτά εδώ έχουν ετικέτα. Μπορεί να είναι ξεθωριασμένη, αλλά αρκετά καθαρή για να τη διαβάσεις. Κουβανέζικο. Κατευθείαν από την Αβάνα".

Κλείνοντας τα μάτια του προς τα εμπρός, ο Μάιλς πάγωσε για μια στιγμή προτού καταπιεί μια γουλιά. "Θεέ μου", ψιθύρισε. Γύρισε για να αντιμετωπίσει τον Χέντερσον. "Είναι η μάρκα σας, κύριε Χέντερσον! Εσείς είστε ο δολοφόνος".

"Κι εσύ; Θα σε συνεπάρει αυτό το χοιρινό ιο; Αυτό εδώ το αγόρι έχει φυτέψει αυτά τα αποτσίγαρα. Είναι το μόνο που έχει".

"Αρκετά", είπε ο Ρούμπεν. "Και γιατί να τα φυτέψω; Για ποιο σκοπό; Με τη μάταιη ελπίδα ότι θα επέστρεφες εδώ όταν σε περίμενα; Λίγο απίθανο δεν είναι; Μπα, εσύ σκότωσες τον Χέντερσον και μετά την άφησες εδώ να σαπίσει".

"Ποια είναι αυτή;" Ο Μάιλς κοίταξε από τον Χέντερσον στον Ρούμπεν και *πάλι πίσω. "Ποια ήταν;"*

Ο Χέντερσον ξεφούσκωσε τα μάγουλά του, σήκωσε τα μάτια του στο ταβάνι και αναστέναξε ξανά. "Το όνομά της ήταν Έμιλι Ντάουερς. Ήρθε από τη Νέα Υόρκη με τον *σύζυγό της Ναθάνιελ για να βρουν μια νέα ζωή μαζί. Έχτισαν αυτή την καλύβα".* Το κεφάλι του έπεσε κάτω. *"Αλλά ποτέ δεν τη σκότωσα".*

Τα μάτια του Μάιλς έλαμψαν με φλογερή ένταση. "Πώς και ξέρεις *τόσα πολλά* γι' αυτήν;"

"Γίναμε εραστές."

Μεταξύ τους επικρατούσε μια σιωπή *που τους* άφησε άναυδους. Οι άλλοι περίμεναν.

"Αλλά όπως είπα - δεν τη σκότωσα εγώ. Ορκίζομαι στο Θεό."

"Πριν από *πέντε* ή *έξι* χρόνια η Έμιλι και ο σύζυγός της έφτασαν στην *πόλη*", ξεκίνησε ο Χέντερσον. Τον είχαμε βάλει κάτω σε μια καρέκλα και ο Μάιλς κι εγώ καθίσαμε κοντά γύρω από το τραπέζι, εγώ με το μεγάλο *παλιό* Colt να τον σημαδεύει κατευθείαν όσο μιλούσε.

Ακούσαμε και σύντομα όλα μπήκαν στη θέση τους.

Ο Ναθάνιελ Ντάουερς ήταν ένα μελαμψό άτομο, με το *πηγούνι* του να καλύπτεται για *πάντα* από μια κηλίδα γενειάδας. Με έντονα μάτια και γρήγορο μυαλό, είχε εργαστεί ως λογιστής σε μια εταιρεία στη Νέα Υόρκη και όταν άρχισε να ψάχνει για δουλειά, τον *προσέλαβε* το ράντσο Κόουλ. Ο Γέρος Κόουλ (που ονομάστηκε έτσι επειδή ήταν ο αρχηγός της οικογένειας, όχι επειδή ήταν ηλικιωμένος. Δεν ήταν καθόλου γέρος τότε) τον *προσέλαβε* για να ελέγχει τα βιβλία του ράντσου και δεν άργησε να βρει αρκετές ασυμφωνίες. Μέσα σε τρεις μήνες, το ράντσο ανέφερε κέρδη και ο κύριος Κόουλ επιβράβευσε τον Ντάουερς με αύξηση.

Τα προβλήματα ξεκίνησαν την ημέρα που ο Ντάουερς έφερε τη σύζυγό του Έμιλι στο ράντσο με ένα ολοκαίνουργιο αμαξάκι. Ο κύριος Κόουλ κάλεσε το νεαρό ζευγάρι σε δείπνο, ως μια επιπλέον ανταμοιβή θα μπορούσε να πει κανείς, και καθώς εκείνη κατέβαινε από το αμαξάκι, με τον Ναθάνιελ να τη βοηθάει να κατέβει, ο Χέντερσον την είδε και παραλίγο να πέσει σε λιποθυμία.

Ήταν αναμφίβολα η πιο όμορφη γυναίκα που είχε δει ποτέ. Τα φραουλένια ξανθά μαλλιά της έπεφταν χαλαρά στους ώμους της, πλαισιώνοντας ένα πρόσωπο εξαιρετικής ομορφιάς. Για μια σύντομη στιγμή, κλείδωσε τα μάτια της με τον Χέντερσον και του έκανε το παραμικρό νεύμα. Εκείνος, με τη σειρά του, έβγαλε το καπέλο του. Το χέρι του έτρεμε και ήλπιζε να μην το είχε προσέξει.

Από εκείνη τη στιγμή, ο Χέντερσον οργάνωσε όσες περισσότερες τυχαίες συναντήσεις μπορούσε. Ανταλλάσσουν τυπικότητες, μια ελαφριά κλίση του κεφαλιού, το πιο μικρό χαμόγελο, αλλά τίποτα πιο εμφανές από αυτό. Μέσα, το σώμα του Χέντερσον ήταν στις φλόγες. Μόνος στο δωμάτιό του τη νύχτα, οι εικόνες της χόρευαν στο μυαλό του, και σπαρταρούσε και βογκούσε στη σκέψη ότι την κρατούσε αγκαλιά, την χάιδευε, την αγαπούσε.

Φυσικά, αν ήταν ειλικρινής με τον εαυτό του, θα είχε συνειδητοποιήσει ότι καμία από τις φαντασιώσεις του δεν θα μπορούσε ποτέ να γίνει πραγματικότητα. Είχε προσληφθεί από τον Κόουλ ως σωματοφύλακας και ήταν ένας άνθρωπος γρήγορος στη βία, ένας πιστολέρο, πιο γρήγορος και ακριβής από τους περισσότερους. Κάποιος που έπρεπε να φοβάται. Ο σύζυγος της Έμιλι ήταν έξυπνος, ικανός, ένας μάγος των λογαριασμών. Ένας άντρας πιο πολύτιμος από ό,τι θα μπορούσε ποτέ να είναι ο Χέντερσον. Τι θα μπορούσε μια γυναίκα σαν την Έμιλι να δει σε αυτόν;

Η πρώτη φορά που είδε την πραγματικότητα ήταν την ημέρα που την συνάντησε τυχαία σε έναν από τους στάβλους του ράντσου. Όχι στον κεντρικό κοντά στο μεγάλο σπίτι, αλλά σε έναν από τους μικρότερους έξω στο λιβάδι. Ο κύριος Κόουλ τον έστειλε εκεί για να φέρει μια από τις φοράδες του. Η κυρία Κόουλ ήθελε να πάει για ιππασία καθώς αισθανόταν λίγο καλύτερα και η συγκεκριμένη φοράδα, γνωστή ως Μπελ, ήταν αυτή που αγαπούσε περισσότερο. Ο Χέντερσον πήγε εκεί. Δεν ήταν συνηθισμένο γι' αυτόν να κάνει μια τέτοια αποστολή, αλλά ο Λανς δεν ήταν πουθενά.

Μέχρι που τον βρήκε ο Χέντερσον.

Είχε το χέρι του στο φόρεμα της Έμιλι και τα χείλη του πατούσαν πάνω στα δικά της. Το ένα μακρύ πόδι του ήταν τυλιγμένο γύρω από το αφεντικό του σκοπευτηρίου και τα δύο χέρια του έπιαναν τα μαλλιά του. Καθώς ο Λανς τη σήκωσε στα χέρια του και τη μετέφερε σε έναν σωρό φρέσκο σανό, ο Χέντερσον τους παρακολουθούσε από την πόρτα, κατακλυζόμενος από ζήλια και μίσος.

Περίμενε τον χρόνο του. Παρακολουθούσε. Την ακολουθούσε όσο καλύτερα μπορούσε, αλλά συχνά αυτό ήταν δύσκολο, αλλά τις επόμενες μέρες και εβδομάδες, κατέγραψε κάθε μια από τις σχέσεις τους. Το πρωί που εξαφανίστηκε, ο Ναθάνιελ μπήκε στο σπίτι, εκτός εαυτού από απελπισία. Ο γέρο Κόουλ κάλεσε τον Χέντερσον να την βρει. Πράγμα που έκανε, ατημέλητη και γυμνή στο κρεβάτι της καλύβας του Ντάουερ. Αλλά όχι όπως ήταν κάποτε. Είχε πυροβοληθεί.

Ο Χέντερσον βγήκε από την καμπίνα σαν να

είχε προσβληθεί από κάποια τρομερή ασθένεια, χωρίς να μπορεί να μιλήσει, χωρίς να μπορεί να περπατήσει. Πήγε σε ένα μεγάλο σύμπλεγμα από βουνοκορφές, μερικά μίλια μακριά από το ράντσο, και κάθισε εκεί, θρηνώντας για μια ζωή που δεν θα γνώριζε ποτέ και για τη γυναίκα που είχε αγαπήσει.

Θα μπορούσε να ήταν ο Λανς; Αλλά γιατί, γιατί να τη σκοτώσει, όταν προφανώς τους κατέτρωγε το πάθος ο ένας για τον άλλον; Ο Χέντερσον δεν μπορούσε να το καταλάβει. Όταν επέστρεψε στο μεγάλο σπίτι, ο Λανς βρισκόταν ήδη εκεί, αδιάφορος, αδιάφορος. Η ψύχραιμη συμπεριφορά του, ωστόσο, έκανε τον Χέντερσον να πιστέψει ότι, παρά τον ενθουσιασμό του, ο Λανς γνώριζε απόλυτα ποια ήταν η μοίρα της Έμιλι.

"Αλλά δεν έχεις αποδείξεις", είπε ο Ρούμπεν όταν ο Χέντερσον έφτασε στο τέλος της ιστορίας του. "Δεν είδες στην πραγματικότητα τον Λανς να τη σκοτώνει, έτσι δεν είναι;"

Ο Χέντερσον, με τα μάτια του βρεγμένα και με κόκκινα βλέφαρα, πάλεψε να κρατήσει τη φωνή του σταθερή. "Είναι προφανές."

"Είναι; Νομίζω ότι αυτό που είναι πιο προφανές είναι ότι η ζήλια σου σε έκανε να τη δολοφονήσεις".

"Σίγουρα έτσι φαίνεται, κύριε Χέντερσον", πρόσθεσε ο Μάιλς υποτονικά.

"Σας είπα την αλήθεια", είπε ο Henderson.

"Και γιατί δεν είπες σε κανέναν τι βρήκες;" Ο Ρούμπεν έσκυψε μπροστά. "Όλα αυτά τα χρόνια, την άφησα εδώ, να σαπίζει σε αυτό το κρεβάτι. Τι είδους άνθρωπος είσαι εσύ για να το κάνεις αυτό;"

"Εγώ δεν..." Εκνευρισμένος, ο Χέντερσον

χτύπησε και τα δύο του χέρια στο πρόσωπό του, παρά τα καλώδια που έδεναν τους καρπούς του μεταξύ τους. "Δεν νομίζεις ότι έχω σκεφτεί να κάνω ακριβώς αυτό;"

"Και γιατί δεν το έκανες;"

Ο Χέντερσον άφησε τα χέρια του και κοίταξε επίμονα τον Μάιλς. "Λιγότερο από δύο εβδομάδες αργότερα συναντήσαμε τον Ναθάνιελ Ντάουερς να κρέμεται από ένα σχοινί. Συντετριμμένος, είχε κρεμαστεί. Θεωρώ τον εαυτό μου υπεύθυνο, γιατί τον σκότωσε η άγνοια, τον καημένο. Αν του είχα πει αυτά που ήξερα τότε ίσως... Αλλά δεν μπορούσα. Δεν μπορούσα να τον αφήσω να την δει έτσι. Σκόπευα να επιστρέψω, να την θάψω κανονικά, αλλά όταν εκείνος αυτοκτόνησε, όλα έγιναν τόσο ... περιττά. Ο χρόνος προχώρησε και το έβγαλα από το μυαλό μου, τελικά".

"Και τι γίνεται με τον Λανς; Δεν τον αντιμετώπισες ποτέ με αυτά που ήξερες;"

"Όχι, ποτέ. Αλλά όταν ανακοίνωσες ότι σε κυνήγησαν εδώ εκείνα τα κακοποιά που προσπάθησες να προστατέψεις την Καφέ Αρκούδα, ήξερα ότι ο Λανς θα σε ακολουθούσε. Έτσι, τον ακολούθησα".

"Εννοείς ότι ο Λανς ήταν αυτός που έβαλε εκείνα τα αποτσίγαρα", είπε ο Μάιλς, "για να σε βάλει σε υποψίες;"

"Αυτό είναι, Χέντερσον;" είπε ο Ρούμπεν, χωρίς να αφήσει τα μάτια του από τον σωματοφύλακα του πατέρα του. "Αυτό πιστεύεις ότι συνέβη;"

Ο Χέντερσον κράτησε το βλέμμα του Ρούμπεν. "Δεν μπορώ να σκεφτώ τίποτα άλλο. Μόλις μαθευόταν ότι η Έμιλι βρίσκεται εδώ, πυροβολημένη σε κομμάτια, θα γινόταν κόλαση. Ο Λανς ήξερε ότι είχα αισθήματα γι' αυτήν. Υποψιάζομαι ότι και ο πατέρας σου το ήξερε. Θα ήταν εύκολο να ρίξουν την ευθύνη σε μένα".

Γέρνοντας *πίσω* στην καρέκλα του, ο Ρούμπεν σκέφτηκε για αρκετή ώρα τον μεγαλόσωμο άνδρα *που καθόταν απέναντί του. Η εξήγησή του είχε νόημα. Ο Λανς ήταν έξυπνος, πολυμήχανος. Αν κάποιος μπορούσε να σχεδιάσει ένα τέτοιο δόλιο σενάριο, αυτός ήταν. Έβγαλε έναν δυνατό αναστεναγμό. "Υπάρχει ένα *πράγμα που δεν* καταλαβαίνω", είπε αργά, βγάζοντας τις σκέψεις του στη φόρα, "γιατί ο Λανς να τη σκοτώσει με αυτόν τον τρόπο; Αν την αγαπούσε, εννοώ".

"Όπως έκανες κι εσύ..." είπε ο Μάιλς Μονρό, κοιτάζοντας το *πάτωμα.

"Εγώ... *προσπαθούσα* να το καταλάβω όλα αυτά τα χρόνια. Δεν *πιστεύω* ειλικρινά ότι ο Λανς τη σκότωσε. Νομίζω ότι ήταν ο σύζυγός της, γεμάτος ζήλια. Αυτό είναι *που* υποθέτω".

"Πώς το ήξερε;"

"Ίσως του το είπε, *ποιος* ξέρει. Δεν μπορώ να φανταστώ τον Λανς να τη σκοτώνει, ό,τι κι αν *προσπάθησε* να κάνει για να με *παγιδεύσει*".

"Και υπάρχει και μια άλλη μικρή ανησυχία *που* έχω. Γιατί να σε *παγιδεύσει* ο Λανς, γιατί να μην αντιμετωπίσει τον σύζυγο, να τον *παραπέμψει στη* δικαιοσύνη. Αν, φυσικά, αυτός ήταν ο δολοφόνος;"

"Δεν μπορώ να απαντήσω σε αυτό. Ο Λανς *πάντα* ζήλευε τη σχέση μου με τον *πατέρα* σου, την εμπιστοσύνη *που* έχουμε. Ίσως είχε σχέδια να βελτιωθεί ο ίδιος στο ράντσο".

"Προαγωγή; Παγιδεύοντάς σε με τη δολοφονία της Έμιλι;" Ο Ρούμπεν *περίμενε*, αλλά με τον Χέντερσον να διολισθαίνει σε μια κυκλοθυμική σιωπή, έγνεψε προς τον Μάιλς. "Λύστε τον και *πάμε* να μιλήσουμε στον Λανς. Ίσως τότε μπορέσουμε να *πάρουμε* μερικές ξεκάθαρες *απαντήσεις*".

"Αν είναι ακόμα ζωντανός."

"Ναι ... *αν είναι ακόμα ζωντανός*".

. . .

Βγαίνοντας έξω και οι τρεις *πάγωσαν* στο *πρώτο* σκαλοπάτι της καμπίνας.

Ο *Λανς* δεν ήταν ξαπλωμένος στο έδαφος.

Ο *Λανς* είχε εξαφανιστεί.

ΚΕΦΆΛΑΙΟ Ε΄ΙΚΟΣΙ Δ΄ΥΟ

Ο γερο-Μπιλ Νάιτ είχε τον οίκο ανοχής στην πόλη του Αγίου Βονιφάτιου, και ήταν τόσο φθαρμένος όσο και το ίδρυμα που επέβλεπε. Τις περισσότερες μέρες, και τα βράδια για την ακρίβεια, περνούσε τις ώρες του σε μια ετοιμόρροπη κουνιστή *πολυθρόνα*, πίνοντας ουίσκι από μια *πέτρινη κανάτα*, βλέποντας τον κόσμο να περνάει με την ίδια κουρασμένη αποδοχή *που* ένιωθε για την προηγούμενη ζωή του. Πριν *από* πολύ καιρό, περιπλανιόταν στην περιοχή, κυνηγός επικηρυγμένων *που* έψαχνε για τα *πολλά* και ποικίλα θηράματα *που* ήταν τόσο *πλούσια* διασκορπισμένα στη Δύση. Αφού *συγκέντρωσε* αρκετά χρήματα, αγόρασε ένα σαλούν στην *πόλη* **Saint Boniface** και εγκαταστάθηκε σε έναν σταθερό ρυθμό, επεκτείνοντας τελικά την επιχείρησή του σε ένα μπουρδέλο. Συχνά, γευόταν τις απολαύσεις *που του προσέφεραν* οι υπάλληλοί του, αλλά είχαν περάσει *πολλά* χρόνια από τότε *που* ένιωσε για τελευταία φορά έστω και το *παραμικρό* κίνητρο για τέτοιες απολαύσεις. Όταν *πριν από* δύο χρόνια, η Νάνσι έφτασε από το Σικάγο, όμορφη *σαν* ανοιξιάτικο *πρωινό* με τα σταχτοξανθά μαλλιά της στοιβαγμένα ψηλά στο κεφάλι, το γιλέκο της σφιχτά τραβηγμένο στη μέση και τα οπίσθιά της τόσο *παχουλά* *που* δεν υπήρχε η *παραμικρή* αύξηση του καρδιακού *παλμού*, ούτε ξέσπασμα ιδρώτα. Τίποτα. Ο γερο-Μπιλ ήξερε τότε ότι η ζωή δεν ήταν τίποτα άλλο *παρά* μια αίθουσα αναμονής για το αναπόφευκτο.

Από κάτω του, απλωμένος στα σκαλιά, ο Τζόσουα Λε Μαρ έπαιζε το μπάντζο του. Ο Τζόσουα ήταν κακός σαν κροταλίας με πονόδοντο και στο *πίσω* μέρος του μπάντζο του ήταν δεμένο ένα Wells Fargo Navy με το οποίο συχνά *πυροβολούσε περαστικούς αγνώστους*. Από τότε *που πέθανε* ο σερίφης Μόρις το *περασμένο* φθινόπωρο, δεν υπήρχε νόμος στο Σεντ Μπονιφάις και ο Μπιλ το *προτιμούσε* έτσι. Αυτό έφερε έναν βαθμό ελευθερίας στην επιχείρησή του. Αν κάποιος ξεπερνούσε τα όρια, ήταν στο χέρι του να το διορθώσει. Ή ο Τζόσουα, τώρα *που* ο γερο-Μπιλ ήταν *πολύ πιο* αργός, τα γόνατά του *πρησμένα σαν* κόμποι σε δέντρο, τα χέρια του λυγισμένα με τα δάχτυλα να μοιάζουν *περισσότερο* με νύχια *παρά* με τα ευκίνητα δάχτυλα *που* ήταν κάποτε. Συμπαθούσε τον Τζόσουα και τον κρατούσε στο *πλευρό* του, προσφέροντάς του *ποτά* και περιστασιακά δωρεάν βόλτες με κάποιο από τα κορίτσια. Ο Τζόσουα ανταπέδιδε την καλοσύνη του *προσέχοντας* τα νώτα του Γέρο Μπιλ. Ήταν μια αμοιβαία επωφελής συμφωνία και ήταν έτσι για τουλάχιστον μισή ντουζίνα χρόνια. Κανείς από τους δύο δεν έβλεπε κανένα λόγο για τον οποίο θα έπρεπε να αλλάξει.

Ο Μπιλ Νάιτ αποκοιμήθηκε, αλλά με τον ήλιο διάχυτο, με τη λευκή ομίχλη του χειμώνα να χαλαρώνει τη συνήθη έντασή της, η οποία ρουφούσε τη ζωή από τη γη και λευκαίνοντας τα κτίρια που κατέληγαν εκατέρωθεν του μοναδικού δρόμου της πόλης, ήταν δύσκολο. Τους καλοκαιρινούς μήνες, οι άνθρωποι ψήνονταν μέσα στα σπίτια και τα μαγαζιά τους σαν να ήταν ψωμάκια σε φούρνο. Το χειμώνα, έτρεμαν, μουδιασμένοι από το κρύο. Αυτό ήταν ένα τέτοιο πρωινό και σκεφτόταν να μπει μέσα και να ζεσταθεί μπροστά στη φωτιά, όταν ένας άντρας ήρθε ιππεύοντας στο οπτικό του πεδίο. Ο Τζόσουα τον είδε πρώτος, γρύλισε και σηκώθηκε. Ο γερο-Μπιλ γύρισε το κοκαλιάρικο κοτετσίσιο λαιμό του και συνοφρυώθηκε. Ήταν σπάνιο να φτάνει κάποιος στην πόλη στις μέρες μας, ακόμα πιο σπάνιο ήταν ένας μοναχικός καβαλάρης, πόσο μάλλον ένας σαν κι αυτόν. Λιπόσαρκος, ντυμένος με ένα λευκό πουκάμισο που τόνιζε το αίμα που είχε στεγνώσει σε όλο το μπροστινό μέρος. Ο γερο-Μπιλ τον μέτρησε και αποφάσισε ότι ο άντρας είχε είτε πυροβοληθεί είτε μαχαιρωθεί. Από αυτή την απόσταση, δεν μπορούσε να καταλάβει. Παρατήρησε ότι ο άντρας δεν έφερε πιστόλι, παρά μόνο μια παλιά καραμπίνα με φυσίγγιο σε μια θήκη που ήταν στερεωμένη στη σέλα. Η πιο ανησυχητική όψη του αγνώστου, ωστόσο, ήταν η ωχρότητα του άνδρα. Η απώλεια αίματος θα τον σκότωνε σίγουρα.

"Πήγαινε να τον ελέγξεις, Τζος".

Γρυλίζοντας ξανά, ο Τζόσουα έπαιξε ένα τελευταίο χτύπημα στο μπάντζο του και σηκώθηκε. Ελέγχοντας και τις δύο άκρες του δρόμου, κατέβηκε από το σαλούν και περπάτησε προς τον άγνωστο.

Ο γερο-Μπιλ συνέχισε να παρακολουθεί. Γύρισε το κεφάλι του και φώναξε στο σαλούν: "Κατρίνα. Φέρε μου το πριόνι". Μελετώντας ξανά τον ξένο, τον τρόπο που το κεφάλι του κουνιόταν από τη μια πλευρά στην άλλη με τον τρόπο που το έκανε, το χέρι που δεν κρατούσε τα χαλινάρια κρεμασμένο χαλαρά και βαριά, ήταν σαφές ότι δεν ήταν σε κατάσταση να προκαλέσει κανενός είδους απειλή, αλλά ο Γέρος Μπιλ δεν ήταν από τους τύπους που ρίσκαραν. Καθώς η Κατρίνα βγήκε στο φως του ήλιου, αλληθωρίζοντας στο φως της λάμψης, της άρπαξε το όπλο και έλεγξε γρήγορα το γέμισμα. "Πήγαινε μέσα", είπε και η Κατρίνα το έκανε, σταματώντας για μια στιγμή για να πει στον Γέρο Μπιλ ότι το σαλούν δεν είχε αρκετό ουίσκι. Εκείνος ειρωνεύτηκε και έστρεψε ξανά την προσοχή του στον ξένο.

Με τα μάτια του καρφωμένα στον ταλαιπωρημένο αναβάτη, βεβαιώνοντας τον εαυτό του ότι δεν υπήρχε όπλο στο ζωνάρι του, ο Τζόσουα έβγαλε το Wells Fargo από το πίσω μέρος του μπάντζο του και αφέθηκε δίπλα στο άλογο. Ρίχνοντας το μουσικό όργανο στον ώμο του, έπιασε απαλά τα χαλινάρια, σταματώντας το άλογο από το να συνεχίσει. Παρατηρώντας την ξαφνική διακοπή της πορείας του αλόγου του, το κεφάλι του ξένου σηκώθηκε.

"Φίλε", είπε ο Τζόσουα με σφιγμένα δόντια, "φαίνεσαι πολύ άσχημα. Δεν έχουμε γιατρό εδώ, αλλά μπορούμε να σε πάμε στο σαλούν. Κάποια από τα κορίτσια ξέρουν ένα-δυο πράγματα για να μπαλώνουν πληγές και τα παρόμοια. Σε πυροβόλησαν;"

Ο ξένος κούνησε το κεφάλι του, μια ενέργεια που του προκάλεσε κάποια ανησυχία. Ανατρίχιασε, ρουφώντας την αναπνοή του με ένα σφύριγμα. "Ένα μαχαίρι. Βαθιά."

Ο Τζόσουα έβαλε το Wells Fargo στη ζώνη του και άπλωσε τα χέρια του: "Άσε με να πάρω το βάρος σου, φίλε. Θα σε πάω στο σαλούν. Τα τραύματα από μαχαίρι είναι σχεδόν τα χειρότερα".

Ο ξένος άφησε τον εαυτό του να πέσει στην ισχυρή αγκαλιά του Τζόσουα. Βογκούσε, με το αίμα να διαρρέει από την πληγή και να πιτσιλάει στο μπροστινό μέρος του πουκαμίσου του Τζόσουα.

"Διάολε, πρέπει να σε φτιάξουμε γρήγορα".

"Το έβγαλα", είπε ο ξένος.

"Χριστέ μου, δεν είμαι σίγουρος αν αυτό ήταν το σωστό, φίλε". Γύρισε το κεφάλι του προς τα σκαλιά του σαλούν και σφύριξε δυνατά. "Γέρο Μπιλ, φέρε κάποιον να πάει το άλογο αυτού του ανθρώπου στο στάβλο. Μετά πες στα κορίτσια να στρώσουν ένα τραπέζι. Θα χρειαστεί επιδιόρθωση και μάλιστα πολύ γρήγορα. Αιμορραγεί, γέρο Μπιλ".

Όλα συνέβησαν πολύ γρήγορα από εκείνο το σημείο και μετά. Από το πουθενά ο άγνωστος φάνηκε να συγκεντρώνει όση ενέργεια του είχε απομείνει, έπιασε το Wells Fargo του Τζόσουα και το τράβηξε.

"Θεέ μου", είπε ο Τζόσουα.

Ο άγνωστος τον πυροβόλησε στην κοιλιά και ο Τζόσουα έπεσε στο έδαφος, κυλιόταν γύρω γύρω και κράζει, σφίγγοντας το φοβερό τραύμα στη μέση του, με το αίμα να αναβλύζει ανάμεσα στα δάχτυλά του. "Με σκότωσε, Μπιλ. Με σκότωσε".

Ο άγνωστος πυροβόλησε τον Τζόσουα άλλες δύο φορές για να τον κάνει να σωπάσει, προτού διασχίσει το δρόμο προς το σαλούν.

"Ω, Θεέ μου", ανέπνευσε ο Μπιλ και σηκώθηκε, με τα γέρικα πόδια του να κουνιούνται από κάτω του. Δεν του είχε απομείνει πολλή δύναμη και δεν μπορούσε να μείνει όρθιος για πολύ. Ακόμα κι έτσι, κατάφερε να σηκώσει την καραμπίνα και να εκπυρσοκροτήσει τη μία κάννη. Ο άγνωστος, όμως, ήταν εκτός εμβέλειας, και τα σφαιρίδια σκορπίστηκαν ακίνδυνα σε μια ευρεία διασπορά. Ο άγνωστος συνέχισε να έρχεται προς τα εμπρός.

Χοροπηδώντας στην κουνιστή πολυθρόνα του, ο Γέρος Μπιλ καταράστηκε κάθε οντότητα στην οποία πίστεψε ποτέ κανείς και προσπάθησε μάταια να πυροβολήσει ξανά.

Ο άντρας ανέβηκε τα σκαλιά, με το Wells Fargo να δείχνει ευθεία μπροστά. "Πέτα το."

Ο γερο-Μπιλ λύγισε και κατέρρευσε, με την καραμπίνα να πέφτει στο πάτωμα. "Δεν ήταν ανάγκη να σκοτώσεις τον Τζος έτσι, κύριε. Προσπαθούσε μόνο να βοηθήσει".

"Κορίτσια είπε", συνέχισε ο ξένος, απορρίπτοντας τα λόγια του Γέρο Μπιλ σαν να μην τα είχε ακούσει ποτέ. "Μπορούν να με μπαλώσουν, είπε. Πες τους λοιπόν να το κάνουν". Χαλάρωσε τη σφύρα του όπλου: "Αλλιώς θα σου τινάξω το μαραμένο σου κεφάλι στον αέρα, γέρο".

Όπως αποδείχθηκε, ο γερο-Μπιλ δεν χρειάστηκε να φωνάξει κανέναν. Η Κατρίνα έμπαινε ήδη βιαστικά από τις πόρτες των νυχτερίδων. Στα χέρια της κρατούσε ένα φτυάρι με μακριά λαβή, το οποίο κούνησε σε ένα μεγάλο τόξο. Πριν προλάβει ο ξένος να γυρίσει, η βαριά επίπεδη επιφάνεια του φτυαριού χτύπησε στο πλάι του κεφαλιού του και έπεσε στο έδαφος με έναν αμβλύ γδούπο, αναίσθητος.

"Βάλε τα κορίτσια να δέσουν αυτό το κάθαρμα", ξεφούρνισε ο γερο-Μπιλ, σκουπίζοντας με τρεμάμενο χέρι τον ιδρώτα που κυλούσε στο πρόσωπό του, "και μετά θα τον κρεμάσουμε εδώ στο δρόμο".

"Σίγουρα", είπε η Κατρίνα καθώς ακουμπούσε στο φτυάρι για να θαυμάσει το έργο της.

ΚΕΦΆΛΑΙΟ ΕΊΚΟΣΙ ΤΡΊΑ

"Αυτή είναι η απόδειξη ότι το έκανε", είπε ο Μάιλς Μονρό, καθώς οι τρεις τους ξεκίνησαν με τα άλογά τους για να κυνηγήσουν τον Λανς.

"Έτσι φαίνεται", γρύλισε ο Henderson, ανάβοντας ένα πούρο. Σφίγγοντας το στη γωνία του σκληρού του στόματος, έριξε ένα μισητό βλέμμα προς τον Ρούμπεν. "Θα έλεγα ότι μου χρωστάς μια συγγνώμη, αγόρι μου".

"Στο είπα και δεν θα στο ξαναπώ, αν με ξαναπείς αγόρι, θα σε βάλω στο χώμα".

"Για στάσου", είπε γρήγορα ο Μονρό, "δεν υπάρχει λόγος να συνεχίσουμε άλλο αυτή τη διαμάχη. Πρέπει να συνεργαστούμε για να πιάσουμε τον Λανς και να τον πάμε πίσω στο ράντσο, ώστε ο κύριος Κόουλ να τον ανακρίνει και να φτάσουμε κάπως στην αλήθεια για όλα αυτά".

Πήγαν με τα άλογά τους στο δάσος, με τον καθένα να προσέχει τα προεξέχοντα κλαδιά και να σκύβει το κεφάλι του κάθε λίγα βήματα.

"Νομίζω ότι είναι μάλλον για το καλύτερο", πρόσθεσε η Μονρόε, "αν αυτό το φτωχό κορίτσι θα βρει ποτέ κάποιου είδους δικαιοσύνη.

"Και θέλω αυτή τη συγγνώμη", γρύλισε ο Χέντερσον.

"Αν ο Λανς το πει με τον ίδιο τρόπο, θα το πάρεις Χέντερσον", είπε ο Ρούμπεν, ψάχνοντας το έδαφος για τυχόν σημάδια. Το μυαλό του ήταν περισσότερο στην Καφέ Αρκούδα εκείνη τη στιγμή και στο πού μπορεί να είχε φτάσει ο φίλος του. Άνθρωποι σαν τον Χέντερσον πρώτα ενεργούσαν και μετά έκαναν ερωτήσεις. Θα είχε σκοτώσει τον Καφέ Αρκούδο πριν καν ξύσει την επιφάνεια της αλήθειας. Ο Ινδιάνος είχε κάνει το σωστό που έφυγε, αλλά το πού βρισκόταν και τι επρόκειτο να κάνει ήταν μυστήριο για τον Ρούμπεν. Δεν μπορούσε να το εξηγήσει, αλλά απλά ήξερε ότι η Καφέ Αρκούδα ήταν κάπου κοντά, άγρυπνη, περίμενε τον χρόνο της, αλλά για ποιο λόγο, ο Ρούμπεν δεν μπορούσε να αρχίσει να το κατανοεί.

Καθώς βγήκαν από την άλλη πλευρά του δάσους, εντόπισαν για πρώτη φορά τους καβαλάρηδες. Ο Ρούμπεν μέτρησε τέσσερις. Δεν έδειχναν να βιάζονται ιδιαίτερα, αλλά κατευθύνονταν προς τη γενική κατεύθυνση της καλύβας.

Ο Ρούμπεν ήξερε ενστικτωδώς ποιοι ήταν. "Καλύτερα να κατέβουμε και να καλυφθούμε", είπε.

"Νομίζεις ότι είναι οι ίδιοι που προσπάθησαν να σε πυροβολήσουν, Ρούμπεν;"

Ο Ρούμπεν έγνεψε προς τον Μονρό: "Είναι δύσκολο να πω, αλλά γιατί αλλιώς τέσσερις άνδρες θα έρχονταν προς τα εδώ;"

"Λοιπόν, δεν έχουμε άλλη επιλογή από το να κρυφτούμε εδώ", είπε ο Χέντερσον, πιάνοντας το πόμολο της σέλας του. "Ο Λανς πήρε το άλογο με τη μοναδική καραμπίνα που έχουμε, οπότε θα πρέπει να τους αντιμετωπίσουμε από κοντά".

"*Εμπλέκεστε;* " σκούζει ο Μονρόε. "Τι στο διάολο σημαίνει αυτό;"

"Σημαίνει", είπε ο Χέντερσον, κατεβαίνοντας στο έδαφος, "ότι είναι δολοφόνοι και δεν θα έχουν καμία διάθεση να μιλήσουν για τον καιρό".

"Αλλά, κύριε Χέντερσον, δεν είμαι πιστολέρο. Είμαι καουμπόι και *ποτέ* δεν..."

"Λοιπόν, τώρα είναι η ώρα να μάθεις, Μονρό. Ελέγξτε το φορτίο σας και μετά *πάρτε* τα άλογα από τα μάτια σας. Φρόντισε να τα κουτσουρέψεις γιατί όταν αρχίσουν οι *πυροβολισμοί,* θα τρομάξουν".

"Δεν νομίζω ότι μπορώ να συνεχίσω με..."

"Απλά κάντε το. *Τώρα.* "

Για μια στιγμή φάνηκε ότι ο Μονρό θα μπορούσε να υποστηρίξει *περαιτέρω* την άποψή του, αλλά όταν ο Χέντερσον έβαλε τα χέρια στους γοφούς και τον κοίταξε με σκληρό βλέμμα, ο νεαρός καουμπόι γύρισε ηττημένος. Ο Ρούμπεν τον *παρακολούθησε* να απομακρύνεται με τα άλογα.

"Κι εσύ, Ρούμπεν; Είσαι έτοιμος γι' αυτό;"

Ο Ρούμπεν γύρισε για να κρατήσει το βλέμμα του Χέντερσον. "Ό,τι χρειαστεί".

"Μεγάλωσες *πολύ* γρήγορα τις τελευταίες μέρες, έτσι δεν είναι;"

"Δεν έχω δει ακόμα δεκαπέντε, όπως καλά ξέρεις, αλλά τίποτα από αυτά δεν έχει σημασία πια. Έχω σκοτώσει ανθρώπους και αν δεν το ξανακάνω αυτή τη φορά ...". Κοίταξε *προς* τους καβαλάρηδες, "Λοιπόν, σίγουρα θα με σκοτώσουν".

"Σε *παρεξήγησα.*"

"Γιατί; Επειδή είμαι δολοφόνος *τώρα;*"

"Όχι, γιατί καταλαβαίνεις ότι η ζωή σπάνια σου δίνει καλό χαρτί. Το *πώς παίζεις* το *παιχνίδι* είναι αυτό που μετράει. Όχι μόνο το *πώς* σκοτώνεις".

"Μακάρι να μην το είχα κάνει ποτέ. Μακάρι να μην είχα πάει ποτέ σε αυτή τη βόλτα. Μακάρι να μην είχα δει ποτέ την Καφέ Αρκούδα".

"Αυτές είναι πολλές ευχές. Δεν μπορείς να αναιρέσεις ό,τι έχει γίνει, Ρούμπεν. Αυτό που πρέπει να κάνεις τώρα είναι να ζήσεις με αυτό, ή τουλάχιστον να βρεις έναν τρόπο να το κάνεις".

"Αυτό που πρέπει να κάνω αυτή τη στιγμή", είπε με έναν αναστεναγμό καθώς έβγαζε το πιστόλι του, "είναι να προσπαθήσω να βγω ζωντανός από αυτή την κατάσταση".

Στρέφοντας το κεφάλι του προς τους ιππείς που πλησίαζαν, ο Χέντερσον πήρε μια μεγάλη ανάσα. "Καλυφθήκαμε και δεν ανοίγουμε μέχρι να φτάσουν σχεδόν από πάνω μας. Μην πυροβολήσετε μέχρι να το κάνω εγώ, καταλάβατε;"

Ο Ρούμπεν έγνεψε. "Ναι. Έχω όμως μόνο έξι σφαίρες".

"Τότε κάνε τον καθένα από αυτούς να μιλήσει. Σημαδεύεις ψηλά και όταν κάποιος πέφτει, τον πυροβολείς ξανά".

Χωρίς να προλάβει να κάνει άλλες ερωτήσεις, ο Ρούμπεν έφυγε τρέχοντας προς τη χαμηλή βλάστηση ανάμεσα στα δέντρα. Δεν είχε ιδέα πού είχε πάει ο Χέντερσον, καθώς η συγκέντρωσή του επικεντρωνόταν τώρα στο να βρει το δικό του μέρος για να κρυφτεί. Ακόμα κι έτσι, καθώς βυθιζόταν βαθύτερα στο απόκοσμο σκοτάδι του δάσους, μια γρήγορη ματιά στα αριστερά του τον έφερε σε μια αλεστική στάση.

Ο Μονρό στάθηκε ριζωμένος, όπως τα δέντρα, ακίνητος, κοιτάζοντας κάτι. Ο Ρούμπεν ήθελε να φωνάξει, αλλά δεν είχε ούτε τη δύναμη ούτε τη λογική να το κάνει. Τον έπιασε ο φόβος. Οι καβαλάρηδες πλησίαζαν και μπορούσε να ακούσει τις φωνές τους, να μυρίσει τη δυσοσμία του ιδρώτα των αλόγων. Κι όμως, ο Μονρό στεκόταν με την πλάτη προς τους άνδρες σαν να βρισκόταν σε κάποιου είδους έκσταση.

Και τότε, χωρίς να υπάρχει κανένας προφανής λόγος για κάτι τέτοιο, έπεσε με τα μούτρα στο έδαφος. Ο Ρούμπεν παρακολουθούσε αλλά δεν μπορούσε να καταλάβει. Ο θάνατος, σιωπηλός σαν τη νύχτα, τον είχε τυλίξει.

Τους περιέβαλε όλους.

ΚΕΦΆΛΑΙΟ ΕΊΚΟΣΙ ΤΈΣΣΕΡΑ

Η πρώτη περιστρεφόμενη γροθιά του Old Bill χτύπησε κάτω από τα πλευρά του Lance με τη δύναμη κλωτσιάς μουλαριού, κάνοντας την πληγή στο στήθος του να ξεσπάσει και να ξεράσει μια ροή αίματος. Ο Λανς ούρλιαξε. Αυτό δεν σταμάτησε τον Γέρο Μπιλ, αλλά τον παρότρυνε. "Σκότωσες τον καλύτερό μου φίλο", βρυχήθηκε και έριξε μια γερή αριστερή γροθιά στο σαγόνι του Λανς, σπάζοντας το κεφάλι του καουμπόη προς τα πίσω. Ο Νόρτον, ο μπάρμαν, και η Σάρα, μια τεράστια, σπουδαία ογκώδης πόρνη με χέρια σαν κορμούς δέντρων, κράτησαν τον άτυχο Λανς. Από παντού στο εσωτερικό του σαλούν, μισή ντουζίνα κοπέλες κακάριζαν με ευθυμία. Όλοι περνούσαν καλά.

Εκτός από τον Λανς, φυσικά, ο οποίος καταβρόχθιζε αίμα και μύξες που έβγαιναν από το λαιμό του.

"Πρόσεχε μην τον σκοτώσεις πριν τον κρεμάσουμε", είπε ο Νόρτον.

Ήταν έγκαιρη συμβουλή. Όχι από οίκτο, αλλά απλώς επειδή βρισκόταν κοντά στην εξάντληση, ο Old Bill υποχώρησε και έπεσε πίσω σε μια καρέκλα, αγκομαχώντας δυνατά. "Δώσε μου μια μπύρα".

"Φέρε ένα ποτό στον γέρο Μπιλ!"

Η Κατρίνα βυθίστηκε γρήγορα πίσω από το μπαρ και τοποθέτησε ένα σκονισμένο ποτήρι κάτω από τη χειροποίητη αντλία μπύρας. Η μπύρα με το χλωμό χρώμα ξεχείλισε πάνω από το χείλος, ο κρεμώδης αφρός αποτελούσε περισσότερο από τον μισό όγκο, αλλά παρ' όλα αυτά το έφερε στον Old Bill, ο οποίος το ήπιε με μεγάλη ευχαρίστηση.

Έσυρε το ένα χέρι του στο στόμα του, χαστουκίζοντας τα χείλη του. "Είχε ωραία γεύση. Φέρε μου άλλο ένα".

Η Κατρίνα το έκανε. Με αυτό, ο Old Bill πήρε το χρόνο του.

"Βγάλτε τον έξω", είπε μετά από λίγο. "Θα τον κρεμάσουμε μπροστά από το κατάστημα με τα εμπορεύματα του Καρλ Μαλόουν. Η πινακίδα του έχει ένα καλό και δυνατό μεταλλικό στύλο στήριξης".

"Ο Μαλόουν έφυγε από την πόλη νωρίς το πρωί, γέρο Μπιλ", είπε η Σάρα, ιδρωμένη από την προσπάθεια να κρατήσει τον Λανς όρθιο.

"Σκέφτεσαι ότι πρέπει να ζητήσω την άδειά του;"

Ανασήκωσε τους ώμους. "Θα μπορούσε να είναι. Αλλά απ' ό,τι κατάλαβα, δεν πρόκειται να επιστρέψει. Λέει ότι αυτή η πόλη είναι νεκρή και ότι έφυγε για να αναζητήσει αλλού την τύχη του. Οπότε ναι, κάνε αυτό που νομίζεις ότι είναι σωστό".

"Ρίξε, Σάρα, έχεις το μυαλό ενός παιδιού".

"Και το σώμα ενός αρσενικού βίσονα", πρόσθεσε ο Νόρτον, περνώντας τη γλώσσα του κατά μήκος του κάτω χείλους του.

"Οτιδήποτε αρσενικό είναι αυτό που σε κάνει να το καταφέρνεις, Νορτ", ανταπέδωσε η Sarah, ρίχνοντας το κεφάλι της πίσω σε ένα δυνατό γέλιο. Τα άλλα κορίτσια έσκουζαν.

"Ποτέ δεν σε άκουσα να παραπονιέσαι", είπε ο Νόρτον, κάπως πληγωμένος.

"Αυτό οφείλεται στο ότι δεν μπορούσα να μιλήσω λόγω του ότι γελούσα τόσο πολύ!"

"Είναι τενεκές", φώναξε μια άλλη νεαρή πόρνη από τη γωνία.

"Σαν γυρίνους."

Το ταβάνι του δωματίου σχεδόν κατέρρευσε από τα ακατάσχετα γέλια όσων παρακολουθούσαν.

Με κόκκινο πρόσωπο, ο Νόρτον απομακρύνθηκε, αφήνοντας τον καουμπόη να τον κρατάει. "Δεν θα το ακούσω αυτό".

Η Σάρα έλυσε και αυτή τη λαβή της και ο Λανς έπεσε με πάταγο στο πάτωμα. Η Σάρα, βγάζοντας έναν αναστεναγμό ευγνωμοσύνης για την απώλεια του βάρους της, έσκυψε απέναντι από τον πάγκο προς την Κατρίνα που στεκόταν ακόμα εκεί. "Τι λες για μια μπύρα για μένα, μικρή μου;"

Η Κατρίνα κοίταξε επίμονα τον συνάδελφό της. Παρ' όλα αυτά, της έβαλε ένα ποτήρι μπύρα.

"Ας τον βγάλουμε έξω", είπε ο Old Bill με κουρασμένη φωνή. "Βαρέθηκα να βλέπω το πρόσωπό του".

Σκύβοντας έξω, δίπλα στις πόρτες του σαλούν, χαμένος στις σκιές που έριχνε η στέγη της βεράντας, ο Καφέ Αρκούδος άκουγε κάθε λέξη. Δραπετεύοντας φοβούμενος για τη ζωή του, είχε εξαφανιστεί στο δάσος και σχεδίαζε να επιστρέψει για να βοηθήσει τον Ρούμπεν να δραπετεύσει όταν θα ήταν η κατάλληλη στιγμή. Αυτά τα σχέδια, ωστόσο, άλλαξαν δραματικά όταν ο Λανς σηκώθηκε τρεκλίζοντας στα πόδια του και σύρθηκε με πόνο πάνω στο άλογο του Ρούμπεν. Η Καφέ Αρκούδα τον παρακολουθούσε με εμβρόντητη σιωπή καθώς ο τραυματισμένος καουμπόι απομακρυνόταν. Ξεσηκώθηκε, ακολούθησε τον Λανς με ευκολία, τον ακολούθησε μέχρι την *πόλη*, πιστεύοντας ότι θα μπορούσε, με κάποιο τρόπο, να *πείσει* τον Λανς να επιστρέψει στο ράντσο του Ρούμπεν, να δώσει τη δική του εκδοχή των γεγονότων, να αντιμετωπίσει τις συνέπειες και να επιστρέψει έτσι τον Ρούμπεν στα καλά βιβλία του *πατέρα* του.

Όμως μετά είδε τη δολοφονία του *παίκτη* του μπάντζο και συνειδητοποίησε, για άλλη μια φορά, ότι τα σχέδια θα έπρεπε να αλλάξουν.

Έτσι, κάθισε εδώ, περιμένοντας.

ΚΕΦΑΛΑΙΟ ΕΙΚΟΣΙ ΠΕΝΤΕ

Πυροβολισμοί ξέσπασαν χωρίς προειδοποίηση. Ο Ρούμπεν πετάχτηκε όρθιος σχεδόν πριν τα λόγια του Χέντερσον φωνάξουν: "Ανοίξτε τους, ανοίξτε τους!".

Μπήκε σε έναν άλλο κόσμο. Μέσα σε μια εκτυφλωτική στιγμή φόβου και σύγχυσης, το δάσος γύρω του, που πρόσφατα ήταν τόσο ήρεμο και γαλήνιο, ήταν τώρα ένα πεδίο θανάτου. Άνδρες που πάλευαν απεγνωσμένα να κρατήσουν υπό έλεγχο τα τρομοκρατημένα άλογα, πυροβολούσαν χωρίς να σημαδεύουν, ενώ ο Χέντερσον, που στεκόταν τόσο ψηλός, τόσο μεγάλος, έριχνε τις σφαίρες του με μεγάλη ακρίβεια.

Τρέχοντας, διπλά λυγισμένος, ο Ρούμπεν έτρεξε προς το κοντινότερο σημείο κάλυψης - έναν πεσμένο κορμό δέντρου, παλιό και ξεροκέφαλο, αλλά παχύτερο από ένα βόδι. Πηδώντας από πάνω του, γύρισε, έριξε μια ματιά και παρακολούθησε, υπνωτισμένος, τον Χέντερσον να πυροβολεί έναν άνδρα από τη σέλα, στέλνοντάς τον να στροβιλίζεται στη γη, με το αίμα να ξεχειλίζει από το στήθος του. Άλλη μια σφαίρα ακούστηκε για να χτυπήσει τον πεσμένο άντρα στο κεφάλι, πριν οι άλλοι μαζέψουν τις αισθήσεις τους και ανταποδώσουν τα πυρά με πολύ πιο ελεγχόμενο τρόπο.

Τρεις άνδρες, όλοι έφιπποι, τα άλογά τους ούρλιαζαν, γυρνούσαν, κλωτσούσαν και πολεμούσαν. Ένας άλλος έπεσε, με τη σφαίρα να διαλύει τον ώμο του. Ούρλιαξε και οι δύο εναπομείναντες ιππείς αποφάσισαν ότι το καλύτερο που είχαν να κάνουν ήταν να κατέβουν.

Το έκαναν, αλλά όχι με ομαλό τρόπο. Ρίχνοντας τους εαυτούς τους στο έδαφος, τα άλογά τους, ανακουφισμένα που ήταν ελεύθερα, έφυγαν με τρελό καλπασμό. Κυλώντας κάτω από όποια κάλυψη μπορούσαν να βρουν, οι δύο άνδρες έριχναν τον έναν πυροβολισμό μετά τον άλλο.

Κάποια στιγμή, ο Χέντερσον λύγισε και έπεσε στο πλάι. Κατάφερε να παραμείνει στο ένα γόνατο, αλλά καθώς ο Ρούμπεν τον μελετούσε, είδε το αίμα να τρέχει από τον χτυπημένο του καρπό. Το χέρι του με το όπλο είχε καταστραφεί.

Φαινομενικά αδιάφορος, ο Χέντερσον έβαλε το χέρι του στα βάθη του χοντρού παλτού του για να βγάλει ένα άλλο όπλο. Από τη γονατιστή του θέση, έριξε άλλες δύο σφαίρες πριν μια σφαίρα τον χτυπήσει στο λαιμό.

Ο Ρούμπεν έμεινε με το στόμα ανοιχτό και παρακολουθούσε σαν σε όνειρο, μια απόκοσμη γκρίνια που κατέβαινε πάνω από τη σκηνή. Ο Χέντερσον λύγισε σαν ένα μεγάλο δέντρο, η δύναμη είχε χαθεί από το σώμα του. Δεν είχε πια τον έλεγχο. Τέρμα η ζωή. Χτύπησε στο πάτωμα του δάσους και έμεινε ακίνητος.

Νεκρός.

Φωνάζοντας, ο Ρούμπεν έσπασε την κάλυψή του. Χωρίς χρόνο να σκεφτεί, σπασμένος από μια ακατανίκητη δύναμη, διέσχισε το ανοιχτό έδαφος, με το πιστόλι του προτεταμένο, και όλη του η συγκέντρωση ήταν στραμμένη στους δύο εναπομείναντες άνδρες. Εκείνοι κοίταξαν, με ορθάνοιχτα μάτια, δυσπιστώντας, και έριξαν έναν άγριο πυροβολισμό.

Ο Ρούμπεν συνέχισε να βαδίζει. Σε δέκα βήματα περίπου, σταμάτησε, κράτησε την αναπνοή του και πυροβόλησε τον πρώτο άνδρα ανάμεσα στα μάτια. Ο άλλος στάθηκε όρθιος, άπλωσε τα χέρια του και κούνησε βίαια το κεφάλι του.

Ο Ρούμπεν τον πυροβόλησε στο στήθος, ρίχνοντάς τον πίσω στο πλησιέστερο δέντρο, γλιστρώντας σε καθιστή θέση. Τον κοίταξε, με το στόμα να προσπαθεί να σχηματίσει λέξεις και ο Ρούμπεν τον πυροβόλησε ξανά, αυτή τη φορά στο κεφάλι.

Για ελάχιστες στιγμές επικράτησε σιωπή. Όχι μια φυσική, ευπρόσδεκτη σιωπή, αλλά μια σιωπή που έμοιαζε να περιέχει μόνο προαισθήματα. Ο Ρούμπεν δεν θα μπορούσε ποτέ να το εξηγήσει, αλλά κάτι, ένα μήνυμα ή μια προειδοποίηση από τον αέρα, αιθέριο, ανεξήγητο, τον έκανε να γυρίσει. Μισοκαθισμένος, στράφηκε, με το όπλο κοντά στο γοφό του, με την αριστερή παλάμη να ανεμίζει τη σφύρα.

Τρεις σφαίρες χτύπησαν τον άγνωστο που πλησίαζε, τον άνδρα που ο Ρούμπεν ανακάλυψε αργότερα ότι είχε σκοτώσει τον Μονρόε. Εκείνος σωριάστηκε, το τόξο που κρατούσε, αυτό το σιωπηλό εργαλείο του θανάτου, έπεσε δίπλα του.

Η ησυχία διείσδυσε βαθιά στα κόκαλά του, καθώς ο Ρούμπεν έπεσε σε ένα πεσμένο δέντρο και γέμισε μεθοδικά το πιστόλι του με καπάκι και σφαίρες που είχε πάρει από έναν από τους νεκρούς. Ανατρίχιασε και έστρεψε τα μάτια του προς τον ουρανό. Το λεπτό κάλυμμα από λευκά σύννεφα έδινε στα πάντα μια απόκοσμη αίσθηση σαν να είχε γλιστρήσει με κάποιο τρόπο σε μια άλλη ύπαρξη μακριά από αυτόν τον κόσμο. Παντοδύναμη και καταθλιπτική, η βαρύτητα της ατμόσφαιρας εγκαταστάθηκε γύρω του και δεν τον άφηνε να φύγει.

Μετά από μερικές στιγμές, πήγε στο σώμα του Χέντερσον, έβαλε το χέρι του στην τσέπη του μεγαλόσωμου άνδρα και βρήκε ένα πούρο, μαζί με ένα μικρό ασημένιο κουτί που περιείχε μερικά σπίρτα. Μελέτησε το πούρο για αρκετά λεπτά, στριφογυρίζοντάς το στα δάχτυλά του, έπειτα το έβαλε στο στόμα του, το άναψε και τράβηξε τον καπνό.

Αμέσως τον έπιασε μια ανεξέλεγκτη κρίση βίαιου βήχα, διπλώθηκε και έκανε εμετό, ένιωσε τη χολή να ανεβαίνει στο λαιμό του και πέταξε τον καπνό με αηδία.

Σηκώθηκε τρέμοντας, πιέζοντας το πίσω μέρος του χεριού του σε κάθε δακρυσμένο μάτι, και αφού ανέκτησε λίγη από την ψυχραιμία του, έκανε ό,τι μπορούσε για να ελέγξει τα άλλα σώματα, κλωτσώντας τα στο πλάι για να δει αν κουνιούνται.

Ο ένας, ένα λεπτό, αδύνατο, αδύνατο άτομο, βογκούσε όταν η μπότα του Ρούμπεν ακούμπησε στα πλευρά του. Χωρίς παύση, ο Ρούμπεν γονάτισε, έβγαλε επιδέξια το όπλο του και το πέταξε εκτός εμβέλειας.

"Έλεος", κατάφερε να πει ο άντρας, με το αίμα να τρέχει από το στόμα του καθώς μιλούσε. Τα δόντια του, τα λίγα που είχαν απομείνει, ήταν επίσης γεμάτα αίμα. Ο Ρούμπεν ήξερε, χωρίς να ελέγξει το τραύμα, ότι ο άντρας είχε πυροβοληθεί καθαρά από το έντερο. Θα ήταν νεκρός μέσα σε μια ώρα. "Για όνομα του Θεού, σε ικετεύω ..."

Ο Ρούμπεν έβαλε τον δείκτη του στο στόμα του άνδρα. "Δεν πειράζει, προσπάθησε να μην ταράζεσαι πολύ".

Με εκπληκτική ταχύτητα και δύναμη, το χέρι του άντρα πετάχτηκε μπροστά, αρπάζοντας το αντιβράχιο του Ρούμπεν. "Θα πεθάνω, έτσι δεν είναι; Ω, γλυκέ μου Ιησού, μην με αφήσεις να πεθάνω!"

"Πρέπει να σωπάσεις", είπε ο Ρούμπεν, κάνοντας ό,τι μπορούσε για να ακουστεί καθησυχαστικός. Προσπάθησε μάταια να απομακρύνει την ατσάλινη λαβή του άντρα. "Θα σου φέρω λίγο νερό".

"Όχι, σε παρακαλώ, μη με αφήνεις μόνη μου".

"Μια στιγμή θα κάνω μόνο", είπε ο Ρούμπεν, κάνοντας και πάλι τα πάντα για να απελευθερωθεί. Ο άντρας κρατήθηκε, ωστόσο, αν μη τι άλλο πιο δυνατά από πριν. Μια πυρετώδης, άγρια έκφραση στα μάτια του έκανε τον Ρούμπεν να καταλάβει πόσο τρομοκρατημένος ήταν ο ετοιμοθάνατος.

"Ο Ινδιάνος. Για όλα φταίει αυτό που κάναμε. Αυτός με σκότωσε".

Ο Ρούμπεν ανοιγόκλεισε τα μάτια του για να ξεπεράσει την έκπληξή του. "Τι; Όχι, όχι, έφυγε. Αυτός ..." Σταμάτησε, μη θέλοντας να επεκταθεί στην αλήθεια. Ήξερε επίσης ότι ήταν μάταιο. Ο άντρας δεν μπορούσε να καταλάβει τίποτα.

"Δεν έπρεπε ποτέ... Δεν έπρεπε ποτέ να ακούσουμε τον Banner. Τίποτα από αυτά δεν είχε καμία σχέση με κανέναν από εμάς. Μακάρι να είχα μείνει στο φρούριο. Αν μόνο ..." Πιάνοντας το χέρι του Ρούμπεν πιο δυνατά από πριν, ο άντρας μοχλεύτηκε σε καθιστή θέση. Μέσα από τα τρεμάμενα χείλη του, η φωνή του τρεμόπαιξε: "Τον βλέπω. Τον βλέπω να έρχεται".

"Ποιον ; Ποιον βλέπεις να έρχεται;"

Το κεφάλι του άνδρα γύρισε, με το άγριο βλέμμα του να καίει τον Ρούμπεν. "Είναι εδώ και ήρθε να με σκοτώσει. Λυπάμαι... Χριστέ μου, λυπάμαι".

Η σφαίρα χτύπησε τον άνδρα ανάμεσα στα μάτια, εκσφενδονίζοντας το σπασμένο σώμα του στο χώμα. Ο Ρούμπεν γύρισε και έφερε το δικό του όπλο.

Για ελάχιστες στιγμές, κοίταξε το πρόσωπο του ανθρώπου που τα είχε σχεδιάσει όλα. Αυτόν που ονομάζεται Μπάνερ. Ο Ρούμπεν πετάχτηκε προς τα δεξιά του, όταν το πιστόλι του άντρα ξέσπασε στις φλόγες. Γυρνώντας ξανά και ξανά, ήξερε ότι έπρεπε να κρατήσει τον εαυτό του κινούμενο στόχο, αλλιώς θα τελείωνε. Με λίγες ευκαιρίες να φέρει το δικό του όπλο στο στόχαστρο, συνέχισε να κυλάει μέχρι που έφτασε σε μια συστάδα φασκόμηλου και κρύφτηκε βαθιά μέσα στα εύθραυστα αλλά αιχμηρά κλαδιά.

Ο πόνος ούρλιαζε στον ώμο του. Δεν το είχε παρατηρήσει μέχρι που σταμάτησε. Τώρα συνειδητοποίησε ότι τον είχαν πυροβολήσει. Με ελάχιστο χρόνο για να αντιδράσει, έσπρωξε την αγωνία μακριά και έριξε μια ματιά. Είδε τον ογκώδη Banner να ξαναγεμίζει μανιωδώς. Ο Ρούμπεν σήκωσε το όπλο του και πυροβόλησε. Μία, δύο, τρεις σφαίρες. Όλες πέρασαν άουτ, αλλά είχαν το επιθυμητό αποτέλεσμα και ο Μπάνερ γύρισε και βάλθηκε να τρέχει, χτυπώντας στα βάθη των δέντρων, καταπνιγμένος από τη θολούρα. Έφυγε.

Ο Ρούμπεν παρέμεινε ανάμεσα στους θάμνους, χωρίς να τολμήσει να βγει μέχρι να βεβαιωθεί ότι ο Μπάνερ είχε φύγει. Καθησυχασμένος, σηκώθηκε και αμέσως ρούφηξε μια απότομη ανάσα μέσα από τα δόντια του, καθώς ο πόνος στον ώμο του έκαιγε με μια ένταση που δεν είχε ξαναζήσει. Βάζοντας το όπλο του στο ζωνάρι του, εξέτασε προσεκτικά την πληγή με τα δάχτυλά του και αναστέναξε με ανακούφιση. Η σφαίρα είχε ακουμπήσει τη σάρκα, δημιουργώντας ένα βαθύ αυλάκι στο πουκάμισό του. Το αίμα έτρεχε και πονούσε σαν αμαρτία, αλλά τουλάχιστον η σφαίρα δεν ήταν μέσα. Σκίζοντας το μαντήλι του, το έπλασε σε μια μπάλα και μπλόκαρε την πληγή με αυτό για να σταματήσει την αιμορραγία. Μετά ασχολήθηκε με το να ξαναγεμίσει το πιστόλι του. Υπήρχαν πολλά άλλα πυροβόλα όπλα διάσπαρτα τριγύρω, μαζί με διάφορα αντικείμενα που θα μπορούσε να χρησιμοποιήσει. Το πρώτο του πρόβλημα, ωστόσο, ήταν να βρει ένα άλογο. Είχαν όλοι εξαφανιστεί. Ο Μονρό δεν είχε καταφέρει να κουτσουρέψει τα άλογά τους πριν σκοτωθεί, οπότε είχαν φύγει κι αυτά. Χωρίς άλογο, δεν επρόκειτο να πάει πολύ μακριά σε αυτό το κρύο.

Ρίχνοντας μια τελευταία ματιά τριγύρω και αφού σιγουρεύτηκε ότι ο Μπάνερ είχε φύγει, κινήθηκε αργά και μεθοδικά μέσα στα δέντρα, μέχρι που, επιτέλους, βρήκε ένα ζευγάρι άλογα να βόσκει ήσυχα σε μερικές τούφες από χοντρό χορτάρι. Σχεδόν λιποθύμησε από ανακούφιση.

Ο Μιτς ήταν κουρασμένος. Είχε κοιμηθεί στη σέλα, αλλά τώρα, τεντώνοντας την πλάτη του, κάθε μυς και τένοντας πονούσε με τρόπο που τον έκανε να νομίζει ότι το σώμα του είχε γίνει πέτρα. Ανεβάζοντας το άλογό του, κοίταξε την ατελείωτη πεδιάδα που απλωνόταν προς τον μακρινό ορίζοντα. Βλέποντας τα μακρινά βουνά, ομιχλώδη γκρίζα στο κρύο πρωινό φως, συνειδητοποίησε ότι είχε ακόμα πολύ δρόμο να διανύσει μέχρι να φτάσει στο Φορτ Ντέφινς, το μέρος στο οποίο πίστευε ότι κατευθυνόταν ο νεαρός Ρούμπεν. Αλλά αυτό ήταν πριν ακούσει τους πυροβολισμούς. Γι' αυτό είχε απομακρυνθεί δυτικότερα, χωρίς να θέλει να εμπλακεί σε οποιαδήποτε ανταλλαγή πυρών, όποιος κι αν πυροβολούσε. Γνώριζε ότι οι Αραπάχο συνέχιζαν να περιφέρονται στην περιοχή αυτή και οι φήμες κυκλοφορούσαν εδώ και καιρό ότι ομάδες επιδρομέων, κοντά στην πείνα, είχαν επιτεθεί σε αγροικίες. Άνθρωποι είχαν πεθάνει. Ο Μιτς ήταν ένας άνθρωπος και παρόλο που ήταν καλός με το όπλο, αμφιβάλλει αν θα άντεχε για πολύ απέναντι σε μια επιδρομική ομάδα απελπισμένων Ινδιάνων.

Κάνοντας βόλτα γύρω από το δάσος που χώριζε

το λιβάδι σε δύο ξεχωριστά μέρη, έφτασε σε ένα ύψωμα και εκεί, πολύ πιο κάτω, μια πόλη. Έπρεπε να είναι ο Άγιος Βονιφάτιος. Χωρίς να έχει ιδέα τι τον περίμενε εκεί, προχώρησε με πιο προσεκτικό ρυθμό.

Είχε εντοπίσει τον Ινδιάνο λίγο αργότερα. Κρυφοκοιτάζοντας το κυματιστό τοπίο, ο Μιτς παρατήρησε ότι ο άντρας ήταν πεζός και κινούνταν με ομοιόμορφο, αργό βηματισμό. Επιπλέον, ήταν σαφές ότι κατευθυνόταν προς την πόλη. Τώρα γιατί να γίνει αυτό, σκέφτηκε ο Μιτς, τρίβοντας το πηγούνι του. Μήπως αυτό σήμαινε ότι ο Ρούμπεν ήταν στην πόλη; Μόνος του; Οι δυο τους, ο Ρούμπεν και ο άγριος είχαν φύγει από το ράντσο μαζί, οπότε είχαν χωριστεί; Όταν ο κύριος Κόουλ τους κάλεσε μαζί στη βιβλιοθήκη, είχε σταθεί με σκυμμένο το κεφάλι, κρατώντας το καπέλο του μπροστά από τη βουβωνική του χώρα, κινούμενος κυκλικά. Μπροστά του ήταν ο κύριος Χέντερσον και ο Λανς. Και οι δύο έδειχναν να είναι αναστατωμένοι από κάτι. Ο Μιτς μπορούσε να μαντέψει τι ήταν, αλλά το κράτησε όλο για τον εαυτό του.

"Θέλω να τον φέρεις πίσω", έλεγε ο κ. Κόουλ, καθισμένος πίσω από το μεγάλο του γραφείο, με τα μάτια του βρεγμένα από τα δάκρυα. "Δεν έπρεπε να πω αυτά που είπα. Είναι ο μοναχογιός μου και δεν θέλω να τον σκοτώσουν εκείνοι ... εκείνα τα δολοφονικά αποβράσματα από το Φορτ Ντέφιενς. Με ακούς, Χέντερσον;"

"Πράγματι, κύριε Κόουλ", είχε πει ο Χέντερσον, με ίσια πλάτη, περήφανος όπως πάντα. "Θα τον φέρω πίσω."

"Μια καμπίνα είπε", πρόσθεσε ο κ. Cole. "Κάτι για μια καμπίνα. Πιστεύετε ότι θα πάει εκεί;"

"Θα μπορούσε να είναι το μέρος για να ξεκινήσουμε."

"Ή ίσως να πάει στο Ντέφιανς", είχε πει ο Μιτς, χωρίς να ξέρει ότι ήταν η θέση του να το πει, αλλά παρόλα αυτά έκανε την πρόταση.

Ο κ. Κόουλ τον κοίταξε κατάματα και ο Μιτς προετοιμάστηκε για μια επίπληξη. Δεν ήρθε ποτέ. Αντ' αυτού, ο κ. Cole άφησε έναν μακρύ, χαμηλό αναστεναγμό. "Ναι. Από εκεί έμαθες για αυτό το πανό, έτσι δεν είναι, Λανς;"

"Ήταν, κύριε Κόουλ, αλλά δεν νομίζω..."

Ο Κόουλ απομάκρυνε κάθε αντίρρηση. "Εσύ πήγαινε στο φρούριο, Λανς. Χέντερσον, πήγαινε κατευθείαν στην καμπίνα. Πάρε τον Μονρό."

Ο κ. Cole σηκώθηκε και στράφηκε προς το παράθυρο. Η συζήτηση είχε τελειώσει. Ο Μιτς έκανε στην άκρη για να αφήσει τους ανώτερους εργάτες του ράντσου να βγουν από το δωμάτιο. Τοποθετώντας το καπέλο του στο κεφάλι του, ο Μιτς έκανε σαν να τους ακολουθούσε.

"Μιτς", είπε ο Κόουλ, με τη φωνή του να μοιάζει με κρότο μαστίγιου. "Μείνε εδώ. Θέλω να σου μιλήσω". Ο Μιτς συνοφρυώθηκε σαστισμένος και κοίταξε το αφεντικό του. "Κλείσε την πόρτα, δεν θέλω να ακούει κανείς τι έχω να σου πω".

Υπακούοντας, ο Μιτς έκλεισε τη μεγάλη, βαριά πόρτα της βιβλιοθήκης και γύρισε.

"Κάτσε κάτω, Μιτς. Θέλω να σου μιλήσω σαν άντρας προς άντρα".

Μπερδεμένος, ο Μιτς τράβηξε μια καρέκλα και κάθισε αργά απέναντι από τον εργοδότη του, τον άνθρωπο που υπηρετούσε για πάνω από έξι χρόνια. Έναν άνθρωπο που σεβόταν. Έναν άνθρωπο που δεν είχε δει ποτέ να μοιάζει τόσο χαμένος, τόσο απελπισμένος.

"Ξέρω ότι δεν έχει χαθεί καμία αγάπη ανάμεσα στον Χέντερσον και τον Λανς", άρχισε, καθισμένος πίσω στην περιστρεφόμενη καρέκλα του, κοιτάζοντας το ταβάνι. "Γι' αυτό δεν ήθελα να πάνε και οι δύο στην καλύβα. Ξέρεις τους λόγους, έτσι δεν είναι, Μιτς;" Επέστρεψε στη θέση του, μετακινώντας ελαφρά το κεφάλι του για να μελετήσει τον Μιτς με έντονο ενδιαφέρον.

Ο Μιτς είχε το καπέλο του στην αγκαλιά του τώρα, περνώντας το χείλος του μέσα από τα δάχτυλά του, όπως και πριν. Ήταν νευρικός, αμήχανος. Δεν ήξερε πού οδηγούσε όλο αυτό. "Λίγο, κύριε Κόουλ".

"Νομίζω ότι ξέρεις κάτι παραπάνω από λίγα, Μιτς. Εσύ και αυτή, ήσασταν εραστές, έτσι δεν είναι;"

Ο Μιτς σήκωσε το κεφάλι του και κοίταξε με ανησυχία το αφεντικό του. "Κύριε Κόουλ, δεν ξέρω τι..."

"Αφήστε το", είπε ο Κόουλ. "Νομίζεις ότι είμαι κάποιο είδος βλαμμένου, όπως όλοι οι άλλοι; Νομίζεις ότι από τότε που σταμάτησα να ιππεύω για να επιβλέπω το ράντσο για τον εαυτό μου, έγινα χαζός και αδαής, καθισμένος εδώ στο γραφείο μου χωρίς να κάνω τίποτα άλλο από το να πίνω ουίσκι; Και τώρα που έφυγε η κυρία Κόουλ, νομίζετε ότι έχω βυθιστεί ακόμα πιο βαθιά μέσα μου".

"Αυτό δεν είναι αλήθεια, κύριε Κόουλ. Όλοι σας σέβονται και σας θαυμάζουν".

"Ο σεβασμός και ο θαυμασμός δεν έχουν καμία σχέση με αυτό. Μπορεί να μην είμαι εκεί έξω και να μην πλέκω μοσχάρια και να σπρώχνω άλογα, αλλά ξέρω τι συμβαίνει, Μιτς. Ξέρω για σένα, τον Λανς και εκείνη την καταραμένη γυναίκα".

"Κύριε Ρούμπεν..." Έκπληκτος, ο Μιτς σηκώθηκε μισοσηκωμένος από την καρέκλα του, "Δεν είμαι σίγουρος ότι το έχετε καταλάβει σωστά. Αυτό που συνέβη ανάμεσα σε μένα και ... λοιπόν, δεν ήταν το ίδιο με το ακατάστατο χάος που είχε με τον Λανς. Δεν είναι δίκαιο για σένα να..."

"Ποτέ δεν είπα ότι είναι δίκαιο, Μιτς. Τίποτα από αυτά. Χαλάρωσε, ξέρω τα *πάντα* για το τι συνέβη με όλους εσάς και εκείνη την καταραμένη γυναίκα. Την αγαπούσες, έχω δίκιο;"

Ο Μιτς κοίταξε επίμονα, χωρίς να μπορεί να εκφράσει καμία από τις *πολυάριθμες σκέψεις που* έτρεχαν στο κεφάλι του. "Εγώ, ε, δεν ξέρω ακριβώς, κύριε Κόουλ".

"Είχες αισθήματα γι' αυτήν, όπως και ο Χέντερσον και ο Λανς".

"*Λανς*; Ο Λανς δεν είχε αισθήματα γι' αυτήν, κύριε Κόουλ. Το μόνο που ήθελε ήταν να *πάρει* ό,τι μπορούσε από αυτήν. Δεν υπήρχε καμία ... Ο κ. Χέντερσον, ξέρω ότι ένιωθε *πολλά* γι' αυτήν, ρομαντικά. Αλλά είναι ένας κύριος, ένας άνθρωπος της τιμής. Ποτέ δεν της επιτέθηκε με το ζόρι, σε αντίθεση με τον Λανς. Ο Λανς ήταν ... Διάολε, κύριε Κόουλ, θέλετε να σας το συλλαβίσω;"

"Θα το εκτιμούσα, Μιτς".

Ο Μιτς φούσκωσε τα μάγουλά του. "Δεν είναι ωραία ιστορία, κύριε Κόουλ".

"Νομίζω ότι το έχω ήδη μαντέψει αυτό. Πες το, Μιτς".

"Εντάξει. Ο Lance την επισκεπτόταν τακτικά και όσο *περισσότερο* την επισκεπτόταν τόσο *περισσότερο* του γινόταν εμμονή. Ο κ. Henderson, το ανακάλυψε. Του ράγισε την καρδιά, υποθέτω".

"Κι εσύ;"

"Διάολε, δεν είχα και τόση σχέση μαζί της, αν είμαι ειλικρινής, *παρά τα αισθήματά μου γι'* αυτήν".

"Αν είσαι ειλικρινής;" Το χαμόγελο του Τίποτα έμοιαζε περισσότερο με *ειρωνεία από εκεί που* καθόταν ο Μιτς. "Μην *προσβάλλεις* τη νοημοσύνη μου, Μιτς".

Αναπνέοντας βαριά, ο Μιτς έβγαλε το μαντήλι

του και σκούπισε ταμποναριστά το μέτωπό του. "Λοιπόν, αφού προφανώς το ξέρεις ... Ναι, είναι αλήθεια. Είχα σχέσεις μαζί της. Πολλές φορές".

"Όταν ο Λανς ήταν στο πεδίο βολής."

"Αν το μάθαινε ο Λανς, θα με πυροβολούσε μέχρι θανάτου".

"Σκέφτομαι ότι ίσως το έμαθε, Μιτς".

"Όχι απ' όσο ξέρω".

"Ήταν παντρεμένη γυναίκα, Μιτς. Αυτό δεν έπαιξε ποτέ ρόλο στις σχέσεις σου μαζί της; Τόσο εσύ όσο και ο Λανς... Θεέ μου, τι έκανε σ' αυτόν τον καημένο. Ο σύζυγός της. Τον οδήγησε στο θάνατο, αυτό συνέβη".

"Μπορεί να είναι έτσι, κ. Cole, αλλά αυτό δεν οφείλεται σε μένα. Είχε συναντήσει τον Lance και αυτήν. Ήταν εξαιτίας του Λανς που..."

"Εσύ φταις όσο και ο Λανς, ηλίθιε". Ο Κόουλ γύρισε στην καρέκλα του για να αντικρίσει τον Μιτς κατάματα. Προχώρησε μπροστά, ακουμπώντας τους αγκώνες του στο γραφείο. "Ο Χέντερσον ήξερε γι' αυτήν και τον Λανς, αλλά νομίζω ότι ίσως αγνοούσε τη δική σου ανάμειξη. Γι' αυτό και είσαι ακόμα ζωντανός".

"Δεν θα του το πείτε, έτσι δεν είναι, κύριε Κόουλ;"

"Μοιάζω με ηλίθιο;" Σήκωσε γρήγορα το χέρι του. "Μην απαντάς σε αυτό. Όχι, Μιτς, σε χρειάζομαι ζωντανό. Οι καλοί άντρες είναι δύσκολο να βρεθούν στις μέρες μας, ειδικά αυτοί που ξέρουν να πυροβολούν. Και έτσι όπως πάνε τα πράγματα στην Ουάσινγκτον... Λοιπόν, χρειάζομαι συνέχεια και κανονικότητα, όσο αυτό είναι δυνατόν. Θέλω να τους παρακολουθείς και να σιγουρευτείς ότι δεν θα αλληλοσκοτωθούν. Θα επιστρέψεις το αγόρι μου, σώο και αβλαβές, και μετά θα επιστρέψουμε στη δουλειά. Όπως ήταν πριν όλη αυτή η ανοησία καταλάβει τις ζωές μας.

Τους δίνεις ένα καλό προβάδισμα και μετά τους ακολουθείς. Ξέρω ότι είσαι καλός, Μιτς. Να ανταμείψεις την εμπιστοσύνη που σου έχω".

"Μάλιστα, κύριε Κόουλ, θα το κάνω".

"Ωραία, τώρα πάρε ένα καλό άλογο και μερικές προμήθειες και φέρε το αγόρι μου στο σπίτι".

Τώρα, βλέποντας τον Ινδιάνο να κινείται με ευκολία προς την πόλη, ο Μιτς είχε ένα τρομερό αίσθημα προαισθήματος. Πού βρισκόταν ο Ρούμπεν και είχαν σχέση όλοι αυτοί οι πυροβολισμοί που είχε ακούσει; Είχε μπλέξει σε ανταλλαγή πυροβολισμών; Ήταν μόλις δεκαπέντε χρονών και, απ' όσο ήξερε ο Μιτς, δεν είχε και πολλή υποψία ότι θα τα έβαζε με ενόπλους που είχαν σκοπό να τον σκοτώσουν. Ήταν γενναίος, αυτό δεν το αρνήθηκε κανείς. Ο τρόπος που είχε σταθεί απέναντι στον Λανς τόσες φορές το αποδείκνυε, αλλά η ανταλλαγή πυροβολισμών, αυτό ήταν διαφορετικό.

Ας ελπίσουμε ότι θα έπαιρνε κάποιες απαντήσεις στην πόλη. Ανασηκώνοντας τους ώμους του, ο Μιτς κατεύθυνε το άλογό του στη μικρή ανηφόρα προς τον Άγιο Βονιφάτιο.

ΚΕΦΆΛΑΙΟ ΕΊΚΟΣΙ ΕΦΤΆ

Είχε μια γενική ιδέα προς ποια κατεύθυνση έπρεπε να κινηθεί. Περνώντας μέσα από τα δέντρα, ο Ρούμπεν έφτασε στα ίχνη που είχαν αφήσει οι άνδρες που είχαν έρθει να τον σκοτώσουν. Τα ακολούθησε, όσο καλύτερα μπορούσε, μέσα στην πεδιάδα. Το έδαφος ήταν σκληρό λόγω του έντονου κρύου και ελάχιστα ίχνη οπλών ήταν ορατά. Είχε μαζέψει ό,τι προμήθειες μπορούσε από τους πεσόντες επιτιθέμενους, απογυμνώνοντας το ένα από τα δύο άλογα που είχε βρει από το στρώμα, το νερό, το χαρτί και τα πυρομαχικά πριν το αφήσει ελεύθερο. Είχε άλλη μια καραμπίνα του Χαλς μαζί με ένα σωρό πιστόλια. Αν δεν μπορούσε να βρει το δρόμο για την πόλη του Αγίου Βονιφάτιου, τότε αισθανόταν σίγουρος ότι θα μπορούσε να επιβιώσει στις πεδιάδες, εκτεθειμένος όπως ήταν στα σκληρά στοιχεία της φύσης. Αν χρειαζόταν, θα στρεφόταν προς το ράντσο και θα έπαιρνε το δρόμο για το σπίτι του.

Βέβαια, αν το σκεφτόταν, τα ίχνη θα τον οδηγούσαν στο Φορτ Ντεφιάνς, το μέρος από το οποίο ήξερε ότι είχαν έρθει οι άνδρες του Μπάνερ. Τραβώντας τα χαλινάρια, σταμάτησε το άλογό του και κοίταξε μια ατελείωτη πεδιάδα, την έκταση του τραχύ, σκληρού χώματος που διαχωριζόταν από τα περιστασιακά κομμάτια θάμνων, ένα πανόραμα απελπισίας, αν ήταν ειλικρινής με τον εαυτό του.

Το χιόνι ήρθε, χωρίς προειδοποίηση. Η ικανότητά του να διαβάζει τα σημάδια δεν ήταν ακόμη επαρκώς ανεπτυγμένη, οπότε όταν ο καιρός άλλαξε, πιάστηκε απροετοίμαστος. Τραβώντας το σακάκι του κοντά στο λαιμό του, έσκυψε χαμηλά πάνω από το λαιμό του αλόγου του και προσπάθησε όσο καλύτερα μπορούσε να συνεχίσει να προχωράει.

Με τον άνεμο να ουρλιάζει και το κρύο να ασβεστοποιεί σχεδόν τα κόκαλά του, ήξερε ότι έπρεπε να βρει σύντομα καταφύγιο. Αν τον έπιαναν εδώ έξω καθώς έπεφτε η νύχτα, εκτεθειμένο στα στοιχεία της φύσης, θα πάγωνε μέχρι θανάτου. Χαμένος όπως ήταν, χωρίς να μπορεί να δει ίχνη, χωρίς να ξέρει προς τα πού να πάει, με τον ήλιο να κρύβεται από το στροβιλισμένο λευκό, η μόνη του ελπίδα ήταν ότι ο καιρός θα μπορούσε να καθαρίσει. Προσευχήθηκε γι' αυτό. Συνεχώς. Σφίγγοντας τα μάτια του, εμπιστευόταν το άλογό του ότι θα έβρισκε τον καλύτερο δρόμο για κάποια σωτηρία.

Ο βαρύς βηματισμός των οπλών του ζώου ακουγόταν σαν μετρονόμος της μοίρας. Δεν ήξερε πόση ώρα περπατούσαν αυτός και το άλογο. Ο Ρούμπεν, τυλιγμένος στο παλτό του, που ήταν ανεπαρκές, έτρεμε τόσο έντονα που τα δόντια του χτυπούσαν στο στόμα. Τα δερμάτινα γάντια ιππασίας του έδιναν ελάχιστη προστασία. Τα αυτιά και η μύτη του ήταν ζωντανά από τον πόνο. Δεν μπορούσε πλέον να αισθανθεί τα δάχτυλα των ποδιών του. Μια μαυρίλα τον κατέκλυσε, και κρατήθηκε από τη χαίτη του αλόγου του και έκανε ό,τι μπορούσε για να μη σκεφτεί με νοσταλγία το σπίτι, τις φωτιές και την απαλή, καθησυχαστική φωνή της μητέρας του. Δεν ήταν ακόμη δεκαπέντε ετών και, παρά το γεγονός ότι είχε σκοτώσει, δεν ήταν ακόμη ένας άνδρας με δύναμη ή θάρρος. Ο φόβος αναβλύζει στα σωθικά του, φόβος που όμοιό του δεν είχε γνωρίσει ποτέ πριν. Ρίχνοντας μια ματιά μπροστά, το μόνο που μπόρεσε να διακρίνει ήταν ένα αδιαπέραστο λευκό παραπέτασμα. Η χιονοθύελλα ήταν παντοδύναμη και φαινόταν ατελείωτη. Δεν έδινε ανάπαυλα. Αναστενάζοντας, έσφιξε το πρόσωπό του βαθύτερα στο λαιμό του αλόγου του και προσευχήθηκε ξανά.

Σύντομα δεν μπορούσε πλέον να σκεφτεί ή να προσευχηθεί. Η μαυρίλα, καταπραϋντική και ζεστή, τον κυρίευσε σιγά σιγά και παρόλο που ήξερε ότι δεν έπρεπε να κοιμηθεί, δεν είχε πια τη δύναμη ή τη θέληση να σταματήσει τον εαυτό του.

Η πρώτη υποψία που είχε για κάποιον κοντά του ήταν όταν ανοιγόκλεισε τα μάτια του και κοίταξε προς τον ουρανό σε μια θέα από λαμπερό μπλε. Η καταιγίδα είχε περάσει και ήταν ζωντανός. Καθώς η συνειδητοποίηση εισχώρησε στις αισθήσεις του, μια σκιά κινήθηκε από πάνω του, αποκλείοντας τον ήλιο.

"Αγόρι μου, σίγουρα είναι δύσκολο να σε βρει κανείς".

Ο Ρούμπεν, συνοφρυωμένος, προσπάθησε να διακρίνει τον ιδιοκτήτη της φωνής, αλλά το μόνο που είχε ήταν η σιλουέτα μπροστά στα μάτια του. Μόνο όταν ο άντρας έσκυψε, ο Ρούμπεν μπόρεσε να δει το πρόσωπό του. Ασθμαίνοντας, πήγε να σηκωθεί, και ο Μιτς τον πίεσε απαλά να ξανακαθίσει.

"Ξεκουράσου, νεαρέ μου. Μας έβαλα φωτιά να ανάψουμε και σε έχω στοιβάξει με κουβέρτες και τα σχετικά. Ο καφές θα έρθει σύντομα".

Σαστισμένος ο Ρούμπεν προσπάθησε να μιλήσει, αλλά ο λαιμός του ήταν στεγνός, σφιγμένος και τα χείλη του, όταν πήγε να ανοίξει το στόμα του, έσπασαν.

"Μην προσπαθείς να μιλήσεις για κανέναν. Μόλις πάρεις λίγο ζεστό φαγητό και καφέ μέσα σου, τα πράγματα θα γίνουν πιο εύκολα. Μέχρι τότε, απλά ξεκουράσου".

"Άλογο..."

"Τι είναι αυτό; Το άλογό σου; Είναι μια χαρά. Έμεινε μαζί σου αφού πρέπει να έπεσες από την πλάτη του. Αν δεν το είχε κάνει, δεν θα σε είχα δει ποτέ. Ήσουν μισοθαμμένος στο χιόνι". Ο Μιτς γέλασε και απομακρύνθηκε, αφήνοντας τον Ρούμπεν να κοιτάζει με δέος τον ουρανό και να αναρωτιέται αν όντως ο Θεός είχε απαντήσει στις προσευχές του.

Καθόταν μαζεμένος σε μια κουβέρτα, κοιτάζοντας τη φωτιά, με τα χέρια τυλιγμένα γύρω από το τσίγκινο φλιτζάνι του καφέ. Απέναντί του ο Μιτς έστριψε άνετα ένα τσιγάρο και το άναψε με ένα κομμάτι καμένο ξερό κλαδί που μάζεψε από τις φλόγες.

"Τι κάνεις εδώ έξω, Μιτς;"

Ο καουμπόι γέλασε ξανά και έβγαλε μια μεγάλη ροή καπνού. "Γιατί, εύχεσαι να μην είχα έρθει να σε βρω;"

"Όχι, φυσικά όχι. Είμαι ευγνώμων. Μου έσωσες τη ζωή, υποθέτω".

"Χαίρομαι που ξέρω ότι οι προσπάθειές μου δεν πήγαν χαμένες. Η αλήθεια είναι ότι, νεαρέ μου, είμαι εδώ έξω και σε ψάχνω!"

Ο Ρούμπεν κούνησε το κεφάλι του, περισσότερο απελπισμένος από οτιδήποτε άλλο. "Φαίνεται ότι πολλοί άνθρωποι το κάνουν αυτό".

"Ναι... Ο μπαμπάς σου θέλει να ζητήσει συγγνώμη".

"Συγγνώμη;" Ο Ρούμπεν έβγαλε έναν αέρα καθώς χλεύαζε: "Ο πατέρας μου δεν ζητάει ποτέ συγγνώμη - για τίποτα!"

"Λοιπόν, αυτό μπορεί να είναι σωστό, νεαρέ, αλλά αυτή τη φορά το εννοεί. Έχει αλλάξει γνώμη, πιστεύω, και θέλει να σε πάρω πίσω".

"Πίσω...; " Ο Ρούμπεν κοίταξε αλλού, με τη θερμότητα της οργής να τον κάνει να ιδρώσει. "Έχω πράγματα να κάνω".

"Ό,τι κι αν είναι αυτό θα πρέπει να περιμένει. Ο κ. Cole δεν είναι άνθρωπος που δεν υπακούει - και εγώ πρέπει να κρατήσω τη δουλειά μου".

"Ο Λανς και ο Χέντερσον, τσακώθηκαν".

"Πάντα τσακώνονται. Είναι σαν δύο γριές πλύστρες, που δεν είναι ευχαριστημένες αν δεν κράζουν για κάτι!"

"Όχι, Μιτς", ο Ρούμπεν γύρισε και κοίταξε κατευθείαν στο σμιλεμένο πρόσωπο του καουμπόη, "αυτό ήταν κάτι περισσότερο από μια απλή διαμάχη. Ο Λανς είχε τραυματιστεί, είχε τραυματιστεί πολύ άσχημα".

"Τραυματισμένος; Εννοείς πυροβολήθηκε;"

"Όχι. Μαχαιρώθηκε. Βαθιά στο στήθος".

"Παντοδύναμε Θεέ!" Ο Μιτς πετάχτηκε στα πόδια του. "Ποιος το έκανε; Ο Χέντερσον;"

"Ήταν ένα ατύχημα, νομίζω..."

"Νομίζεις; Καλύτερα να ξεκαθαρίσεις την ιστορία, Ρούμπεν. Ο πατέρας σου θα θέλει να σου δώσει λογαριασμό".

"Αυτό ακριβώς είναι, Μιτς. Ο λογαριασμός έχει ήδη έρθει. Ο Λανς δραπέτευσε ενώ... Αχ, διάολε, οι λεπτομέρειες δεν έχουν σημασία. Αυτό που έχει σημασία είναι ότι ο Λανς κατευθύνθηκε προς την πόλη του Μπονιφάς. Η Καφέ Αρκούδα μπορεί να τον παρακολουθεί, αλλά δεν μπορώ να είμαι σίγουρος".

"Φαίνεται ότι δεν ξέρεις και πολλά πράγματα, Ρούμπεν!"

"Είναι όλα..." Με την πίεση να αυξάνεται, ο Ρούμπεν χτύπησε τα πλαϊνά του κεφαλιού του με τις γροθιές του. "Γαμώτο, τίποτα δεν είναι ξεκάθαρο, όχι από τότε που έχασα τις αισθήσεις μου. Ο Χέντερσον κι εγώ, έπρεπε να αντέξουμε απέναντι σ' αυτά τα καθάρματα που με κυνηγούσαν. Τους πυροβολήσαμε πολύ καλά, αλλά ο Χέντερσον δεν τα κατάφερε. Ούτε και ο καημένος ο Μάιλς".

"Μονρόε; Χριστέ μου, Ρούμπεν. Είναι και οι δύο νεκροί;" Ο Ρούμπεν έγνεψε. "Και ο Λανς;"

"Στην πόλη, όπως είπα. Και ο αρχηγός, ένας άντρας που ονομάζεται Banner. Έκανε για τον Χέντερσον και τον Μονρόε, νομίζω".

"Ή μήπως το έκανες;"

"Ε;"

Ο Ρούμπεν κοιτούσε άναυδος καθώς ο Μιτς έβγαζε αργά το πιστόλι του. "Θα σε πάω πίσω, Ρούμπεν. Μπορείς να τα εξηγήσεις όλα αυτά στον πατέρα σου".

"Όχι! Μιτς, για όνομα του Θεού..." Πανικόβλητος, ο Ρούμπεν πήγε να σηκωθεί και πάγωσε όταν ο Μιτς έσπασε τη σφύρα του πιστολιού του. Ένα φοβερό, παγωμένο σύννεφο έπεσε πάνω στον Ρούμπεν και αυτός έτρεμε καθώς πάλευε σκληρά να καταφέρει να ηρεμήσει τον φόβο στη φωνή του. "Μιτς, άκουσέ με - πρέπει να πάμε στον Μπονιφάς. Αν ο Λανς είναι εκεί, χρειάζεται βοήθεια. Ιατρική βοήθεια. Και ο Μπάνερ, αν ο Μπάνερ είναι επίσης εκεί ... Μιτς, σε παρακαλώ, σε ικετεύω, ας πάμε στην πόλη και ας μάθουμε τι συμβαίνει. Μετά θα έρθω μαζί σου. Δεν θα σου δημιουργήσω κανένα πρόβλημα, σου δίνω το λόγο μου".

"Έτσι κι αλλιώς θα έρθεις μαζί μου, Ρούμπεν".

"Ναι, ναι, το ξέρω αυτό, Μιτς, αλλά σε ικετεύω. Σε παρακαλώ. Πρέπει να με εμπιστευτείς σε αυτό. Ο Μπάνερ, αυτός είναι ο λόγος για όλα αυτά. Αυτός ήταν που έβαλε αυτούς τους άντρες να κυνηγήσουν την Καφέ Αρκούδα. Είναι δολοφόνος, Μιτς, και πρέπει να οδηγηθεί στη δικαιοσύνη".

Ο Μιτς φάνηκε να βυθίζεται σε βαθιές σκέψεις. Μασώντας το κάτω χείλος του, έριξε τελικά το όπλο του πίσω στη θήκη του. "Μόλις τελειώσει..."

"Στο υπόσχομαι, Μιτς. Θα έρθω σπίτι μαζί σου".

Αυτό φάνηκε να ικανοποιεί τον καουμπόη. Τα μάτια του περιπλανήθηκαν σε όλο το περιβάλλον τους σαν να έψαχνε για κάτι. Είχαν στρατοπεδεύσει σε μια ελαφριά κλίση, η οποία τους προσέφερε λίγη προστασία από το τσουχτερό κρύο που επιδεινωνόταν από ένα συνεχές αεράκι που έφερνε χιονοθύελλες στην πεδιάδα. "Θα πάμε αργά και ωραία. Αν ο Λανς είναι εκεί, θα τον βρούμε, αλλά αυτός ο Μπάνερ... θα πυροβολήσουμε πρώτα και μετά θα κάνουμε ερωτήσεις".

"Έτσι ακριβώς το βλέπω κι εγώ, Μιτς". Έκανε νόημα προς τη δέσμη με τα πράγματά του που ο Μιτς πρέπει να είχε τοποθετήσει εκεί αφού τον βρήκε και τον έφερε εδώ αναίσθητο. "Θα χρειαστώ το όπλο μου, αν πρόκειται να τα βάλουμε μαζί του".

Ο Μιτς τον κοίταξε. "Μάζεψε τα πράγματά σου και πάμε".

ΚΕΦΆΛΑΙΟ ΕΊΚΟΣΙ ΟΧΤΏ

Η Καφέ Αρκούδα παρακολουθούσε από το πλεονεκτικό του σημείο, αποστασιοποιημένη όχι μόνο από απόσταση αλλά και από συναίσθημα. Ο Λανς είχε μόλις και μετά βίας τις αισθήσεις του, ενώ το αίμα συνέχιζε να στάζει από την πληγή του. Οι γυναίκες τον είχαν επιδιορθώσει, αλλά μόνο για να ζήσει αρκετά ώστε να τον κρεμάσουν.

Ο Λανς καθόταν καβάλα σ' ένα παλιό, ψωριασμένο άλογο, το οποίο και το ίδιο βρισκόταν στα τελευταία του πόδια. Αυτό θα ήταν αναμφίβολα το τελευταίο καθήκον που θα εκτελούσε ποτέ. Το φορτίο του, ο φτωχός, ταλαιπωρημένος Λανς, φαινόταν χλωμός σαν άσπρη κιμωλία, με τα κόκκινα μάτια του να μην μπορούν να δουν πολλά. Το κεφάλι του έπεφτε στο στήθος του και μια λεπτή γραμμή σάλιου έτρεχε από τα γαλάζια χείλη του. Ήταν κοντά στο θάνατο.

Η παρέα των κοριτσιών γύρω του ήταν καλοπροαίρετη, γελούσε με τα βάσανα του άνδρα. Ο γέρος ιδιοκτήτης του μπαρ, ένας άντρας που τα κορίτσια αποκαλούσαν Old Bill, καθόταν σε μια ετοιμόρροπη ψάθινη καρέκλα, με το ένα του χέρι να αγκαλιάζει το γκριζαρισμένο σαγόνι του. Μαζί με τον Λανς και το άλογο φαινόταν στην Καφέ Αρκούδα ότι ο γέρος θα τους συνόδευε και τους δύο στον τάφο σε λίγο καιρό.

Ένας μεγαλύτερος, νεότερος άντρας, με λερωμένη ποδιά, έλεγξε τον κόμπο πριν κάνει πίσω για να θαυμάσει τη δουλειά του. "Αυτό είναι αρκετό, δεν θα πρέπει να αναρωτιέμαι".

"Διάολε, κάνε το ή όχι, άφησέ τον να κουνηθεί", φώναξε ένα από τα κορίτσια, ένα τεράστιο θηλυκό με δικέφαλους που θα έμοιαζαν μια χαρά σε έναν πυγμάχο.

"Αν ξεφύγει", είπε μια πολύ πιο όμορφη κοπέλα, σηκώνοντας ένα φτυάρι στα χέρια της, "θα τον αποτελειώσω χτυπώντας του τα μυαλά".

"Εντάξει", είπε ο Old Bill από την καρέκλα του, βγάζοντας το Colt Dragoon του. "Έχεις να πεις τίποτα τελευταίο, άχρηστο γουρούνι;"

Η Brown Bear είδε το κεφάλι του Lance να ανεβαίνει. Ακολούθησε μια ελάχιστα αισθητή κίνηση των χειλιών του, αλλά η Καφέ Αρκούδα ήταν πολύ μακριά για να πιάσει κάποια λέξη.

"Τι είναι αυτό που είπε;" είπε ο Old Bill.

"Είπε να πας να γαμηθείς", κακάρισε το μεγάλο κορίτσι.

"Λοιπόν, έτσι δεν είναι;" Ο γερο-Μπιλ κοίταξε πληγωμένος, σήκωσε το όπλο ψηλά στον αέρα και χαλάρωσε τη σφύρα. "Απόλαυσε την αιωνιότητά σου στην κόλαση, δολοφόνε βρωμιάρη!"

Το μεγάλο όπλο βρόντηξε, η γριά γκρινιάρα ούρλιαξε, κλώτσησε και βγήκε μπροστά. Με ένα αηδιαστικό τράνταγμα, ο Λανς κρεμάστηκε από την πινακίδα, κλωτσώντας με τα πόδια του, προσπαθώντας με κάθε ίχνος της δύναμής του να απελευθερωθεί. Δεν τα κατάφερε και σύντομα, μέσα σε λίγες φρικτές στιγμές, έμεινε άτονος, με τη γλώσσα να προεξέχει από το φουσκωμένο, με γαλάζιες φλέβες πρόσωπο. Όλα τα κορίτσια ούρλιαξαν από αηδία καθώς ο Λανς, ήδη νεκρός, λερώθηκε και ο Γέρος Μπιλ γέλασε ξεκαρδιστικά.

Η καφέ αρκούδα γύρισε και έφυγε χωρίς να βγάλει άχνα.

Προχωρώντας αθόρυβα προς το άλογό του, ο Καφέ Αρκούδος σταμάτησε όταν είδε έναν μεγαλόσωμο άνδρα να μπαίνει στην πόλη από την άλλη άκρη του δρόμου. Ο Καφέ Αρκούδος βούτηξε κάτω από το οπτικό πεδίο και παρακολούθησε τον άντρα που γνώριζε πολύ καλά να χαλιναγωγεί το άλογό του κοντά στους στάβλους. Κατεβαίνοντας, ο άντρας έλεγξε τα πάντα πριν ανέβει τα σκαλιά για το μπροστινό γραφείο.

Η καφέ αρκούδα περίμενε. Αυτή θα ήταν η τέλεια στιγμή και το τέλειο μέρος για να σκοτώσει αυτόν τον άνθρωπο. Πιάνοντας το Χαλλς που είχε πάρει από το άλογο του Λανς, έλεγξε το φορτίο του και πήρε πρηνή θέση, στρέφοντας το στόχαστρο προς τους στάβλους. Ο άνθρωπος που ήταν υπεύθυνος για όλα τα τρομερά γεγονότα των τελευταίων ημερών δεν θα καταλάβαινε τι τον είχε χτυπήσει πριν πεθάνει εκεί, στα σκαλιά.

Αυτή η σκέψη ήταν που έδωσε στην Καφέ Αρκούδα μια στιγμή δισταγμού. Γιατί αυτός ο άνθρωπος να έχει έναν εύκολο θάνατο; Το ένα λεπτό εδώ, το επόμενο ... χωρίς να υποφέρει, χωρίς να συνειδητοποιήσει ποιος τον είχε σκοτώσει; Χωρίς να συνειδητοποιήσει ότι πέθαινε εξαιτίας αυτού που είχε κάνει; Όχι, ήταν πολύ εύκολο. Ο άνθρωπος έπρεπε να το μάθει πριν πέσει η αυλαία της απεχθούς ζωής του. Εκείνες τις στιγμές βαθιάς περισυλλογής, η ευκαιρία για έναν γρήγορο, καθαρό φόνο απομακρύνθηκε καθώς ο άντρας βγήκε από το γραφείο, τρίβοντας το πηγούνι του και τεντώνοντας την πλάτη του. Ένας μικρότερος, πολύ μεγαλύτερος άντρας τον ακολούθησε και πήγε κατευθείαν στο άλογο και το οδήγησε απαλά από πίσω. Ο μεγάλος άντρας, αυτός που ο Καφέ Αρκούδος ήθελε νεκρό, κινήθηκε προς το δρόμο, χωρίς να γνωρίζει ότι ο θάνατος είχε αιωρηθεί από πάνω του για τις πιο σύντομες στιγμές. Χωρίς να το καταλάβει απομακρύνθηκε, με την Καφέ Αρκούδα να τον παρακολουθεί. Σύντομα η θέα του Λανς να αιωρείται στο χλωμό φως του ήλιου θα έφτανε σε αυτόν, και τότε η Καφέ Αρκούδα θα ενεργούσε. Όπως θα έπρεπε να είχε κάνει πριν. Οι δουλειές των λευκών πρέπει να μένουν δουλειές των λευκών, αυτό έλεγε πάντα ο αρχηγός Δύο Ποτάμια στους ανθρώπους του. Μην εμπλέκεστε σε τρόπους που δεν καταλαβαίνετε ούτε εκτιμάτε, γιατί η ζωή τους είναι διαφορετική από τη δική μας. Και έχει λιγότερη αξία. Ο Αρχηγός Δύο Ποτάμια είχε δει τη γυναίκα του να πυροβολείται και να σκοτώνεται από επιδρομείς κυνηγούς τριχωτών κεφαλών. Ήξερε ότι η σοφία των λόγων του ήταν η αλήθεια. Η Καφέ Αρκούδα θα έπρεπε να τα είχε λάβει περισσότερο υπόψη της. Ο Ρούμπεν Κόουλ του είχε δείξει ότι δεν ήταν όλοι οι λευκοί κακοί. Μερικοί ήταν ευαίσθητοι, ανιδιοτελείς και άξιοι σεβασμού. Ίσως όφειλε στον Ρούμπεν να δώσει τέλος σε όλα αυτά τώρα, όσο μπορούσε. Αφήνοντας το άλογό του, γλίστρησε στις σκιές για να αντιμετωπίσει τους εχθρούς του και να αποδώσει δικαιοσύνη.

Κ αθώς έστριψαν στην προσέγγιση της πόλης, η έκρηξη από ένα πιστόλι μεγάλου διαμετρήματος σχεδόν τους έστειλε να τρέξουν να καλυφθούν. Ο Μιτς, ο πρώτος που συνήλθε, έπιασε τον αγκώνα του Ρούμπεν καθώς ο νεαρός πήγε να απομακρυνθεί. "Αυτό δεν ήταν για μας".

"Ποιος τότε;"

Ο Μιτς σήκωσε τους ώμους και τράβηξε το πιστόλι του. "Καλύτερα να πάμε να ρίξουμε μια ματιά".

Η πόλη του Αγίου Βονιφάτιου δεν ήταν παρά ένας δρόμος με ξύλινα κτίρια που έμοιαζαν θλιβερά σε κάθε πλευρά. Στο τέλος του ενός παράπλευρου δρόμου βρισκόταν ένας στάβλος, ο οποίος ήταν ένα μικρό, περιφραγμένο κοράλλι και ένας στάβλος μόλις και μετά βίας αρκετά μεγάλος για τρία άλογα. Ένα γραφείο βρισκόταν μπροστά του. Λίγο πιο κάτω υπήρχε ένα κατάστημα με εμπορεύματα, ένα γραφείο δοκιμαστή, ένα άλλο κτίριο που έγερνε τρομερά προς τα δεξιά και το οποίο, σύμφωνα με την επιγραφή που κρεμόταν πάνω από τη στραβή πόρτα του, ήταν προμηθευτής κρέατος. Στη συνέχεια υπήρχαν αρκετές καλά διατεταγμένες ιδιωτικές κατοικίες και ένα διώροφο κτίριο που διατυμπάνιζε ως ξενώνας. Απέναντι υπήρχε μια συλλογή από ετερόκλητες επιχειρήσεις, ένα κατάστημα ξηρών ειδών και, το πιο επιβλητικό, ένα μεγάλο ξενοδοχείο-σαλούν. Απέναντι από αυτό ήταν το κτίριο που τράβηξε όλη την προσοχή του Ρούμπεν και του Μιτς, γιατί από την πινακίδα του κρεμόταν το σώμα του Λανς, με τον λαιμό του απίστευτα μακρύ. Οι μοναδικοί κάτοικοι αυτού του ετοιμόρροπου μέρους ήταν μια συλλογή από φανταχτερά ντυμένες κοπέλες και ένας άντρας που καθόταν σε μια ετοιμόρροπη καρέκλα, συγκεντρωμένοι γύρω τους, όλοι τους γελούσαν. Και παρακολουθούσε, λίγο πιο πέρα, ένας μεγαλόσωμος άντρας ντυμένος με σκούρο παλτό, που φορούσε ένα σπασμένο καπέλο με σπασμένο στέμμα.

"Αυτός είναι ο **Banner**", είπε ο Ρούμπεν μέσα από τα δόντια του.

"Και αυτός που ταλαντεύεται είναι ο Λανς".

"Υποθέτω ότι έχουμε αργήσει πολύ γι' αυτόν".

Ο Μιτς αναστέναξε και κατέβηκε αργά. "Δεν μπορώ να τον αφήσω έτσι, Ρούμπεν. Πάμε να συστηθούμε σ' αυτό το δολοφονικό τσούρμο από κακαριστές μπανάνες".

Ο Ρούμπεν πήρε και τα δύο άλογα και τα έδεσε σε ένα στύλο πρόσδεσης έξω από ένα πρώην εστιατόριο, το οποίο τώρα ήταν κλειστό με σανίδες. Γύρισε και κοίταξε την ομάδα που περιτριγύριζε τη μακάβρια σκηνή. Είχαν αρχίσει να κουράζονται από το άθλημά τους και άρχισαν να ξεφεύγουν.

"Μιτς, πρέπει να το σκεφτούμε καλά".

"Πρέπει να βοηθήσω."

"Βοήθεια; Είναι νεκρός, Μιτς. Αυτό είναι προφανές".

"Όχι για μένα, δεν είναι!"

Ο καουμπόι όρμησε μπροστά. Ο Ρούμπεν τον

άρπαξε, αλλά ο Μιτς τον έδιωξε. "Θα το κάνω μόνος μου αν χρειαστεί, γαμώτο!"

"Τι να κάνω για χάρη του Θεού;"

"Κόψτε τον!"

Ο γέρος και τα κορίτσια μπήκαν στο σαλούν. Κανείς τους δεν έριξε ούτε μια ματιά στον Ρούμπεν και τον Μιτς, πράγμα που έδωσε στον Μιτς όλο το πλεονέκτημα που χρειαζόταν.

Βγήκε στο δρόμο, με το όπλο στο χέρι, και φώναξε: "Σταματήστε, γουρουνοκέφαλοι!".

Σταμάτησαν, τα κορίτσια ήταν κάπως αναστατωμένα, ενώ ο γέρος χάλασε το πρόσωπό του σε ένα χαμόγελο χωρίς δόντια.

"Είσαι φίλος του, μικρέ;"

"Δεν ήταν ανάγκη να τον δολοφονήσεις έτσι".

"Δολοφονία; Αυτό λέτε εσείς τον νόμιμο απαγχονισμό αυτού του ανθρώπου; Ήσασταν εδώ για να παρακολουθήσετε αυτό που έκανε;"

"Είναι δολοφόνος", είπε ένα από τα κορίτσια. "Έρχεται εδώ μέσα, αιμόφυρτος, και εμείς τον φροντίζουμε. Μετά σκοτώνει τον καημένο τον Τζόσουα χωρίς λόγο!"

"Είναι δικαιοσύνη", πρόσθεσε η μεγαλόσωμη κοπέλα, διπλώνοντας τα χέρια της στο τρομερό της στήθος, "αυτό είναι, καουμπόη. Τώρα φύγε πριν σε βάλω στο γόνατό μου και σου ρίξω ξύλο στον πισινό".

Ο Ρούμπεν πλησίασε τον Μιτς και ένιωσε την φορτισμένη ατμόσφαιρα να γίνεται όλο και πιο άσχημη. Έριξε μια ματιά πίσω του για να δει τον Μπάνερ να χάνεται από τα μάτια του στο κενό ανάμεσα σε ένα παρακείμενο κτίριο και το κατάστημα από το οποίο κρεμόταν ο Λανς. Τι σχεδίαζε, αναρωτήθηκε ο Ρούμπεν.

Ένας άνδρας βγήκε από το σαλούν φορώντας ποδιά μπάρμαν. Στα χέρια του κρατούσε ένα πριονισμένο κυνηγετικό όπλο. Ο Ρούμπεν δεν είχε καμία αμφιβολία ότι ήταν κάτι παραπάνω από ικανός να χρησιμοποιήσει το όπλο με καταστροφικά αποτελέσματα.

"Μιτς. Ας προχωρήσουμε".

"Σοφά λόγια για έναν νέο", είπε ο γέρος. "Μπορείς να πάρεις τον φίλο σου μαζί σου, αν το έχεις στο μυαλό σου, αλλά μην ξαναγυρίσεις ποτέ εδώ, αλλιώς θα σε κρεμάσουμε κι εσένα".

Τα κορίτσια γέλασαν με αυτό και ο γέρος έδειχνε πολύ ευχαριστημένος με τον εαυτό του, φουσκώνοντας το στήθος του και χτυπώντας τα λεπτά, μπλε χείλη του.

"Στο διάολο με αυτό", είπε ο Μιτς, ο οποίος πήγε σε μισό-σκυμμένο κάθισμα, έφερε το περίστροφό του και πυροβόλησε τον άνδρα που κρατούσε την καραμπίνα. Εκείνος πέταξε προς τα πίσω, έσπασε μέσα από τις πόρτες των νυχτερίδων και έμεινε ξαπλωμένος εκεί, με τα πόδια του να συσπώνται. Κάνοντας σπριντ με φόρα, καθώς τα κορίτσια ξέσπασαν σε μια χορωδία άγριων κραυγών, ο Μιτς ανέβηκε βιαστικά τα σκαλιά, άρπαξε το κυνηγετικό όπλο, γύρισε και εκτόξευσε και τις δύο κάννες μέσα στο συρφετό των γυναικών, την ώρα που ο Ρούμπεν έπεφτε για να καλυφθεί.

Ως εκ θαύματος, ο ηλικιωμένος εμφανίστηκε αλώβητος, ενώ γύρω του, κορίτσια παραπατούσαν και έπεφταν, κάποια με χτυπήματα στο πρόσωπο, κάποια στο σώμα. Ο θόρυβος από τα σπασμένα στόματά τους ήταν εκκωφαντικός.

Ο Ρούμπεν έσκυψε πίσω από μια συλλογή ξύλινων κιβωτίων και έπαθε παράλυση. Δεν μπορούσε να κάνει τίποτε άλλο από το να παρακολουθεί τον Μιτς να κατεβαίνει τα σκαλιά και να ρίχνει τέσσερις ομοιόμορφες βολές στον γέρο, τινάζοντάς τον στον αέρα σαν να ήταν κουρέλι πάνω σε ξύλο σε μια μέρα με αέρα. Πριν ακόμα ο γέρος σωριαστεί, ο Μιτς βημάτισε προς το μέρος όπου ο Ρούμπεν έσκυβε.

"Καλύτερα να συνέλθεις, Ρούμπεν, έχουμε δουλειά να κάνουμε!"

Όλα έγιναν γρήγορα μετά από αυτό, πιο γρήγορα από όσο ο Ρούμπεν πίστευε ότι ήταν δυνατόν.

Μέχρι τώρα, ο Μιτς φαινόταν να έχει χάσει τον έλεγχο. Αγνοώντας τα βογγητά και τους στεναγμούς των ταλαιπωρημένων κοριτσιών, διέσχισε τη μικρή διαδρομή προς το σημείο όπου το σώμα του Λανς ταλαντευόταν τόσο φρικτά από την πινακίδα. "Έλα εδώ, Ρούμπεν!"

Ζαλισμένος, ο Ρούμπεν το έκανε.

"Κράτα τον ψηλά, Ρούμπεν. Για όνομα του Θεού, κράτα τον ψηλά, από τους αστραγάλους, γαμώτο!"

Αποστρέφοντας τα μάτια του, ο Ρούμπεν δεν ήθελε να κοιτάξει το φουσκωμένο πρόσωπο του ανθρώπου που κάποτε γνώριζε. Αντ' αυτού, τύλιξε τα χέρια του γύρω από τα πόδια του Λανς και τον σήκωσε, χαλαρώνοντας την πίεση του σχοινιού.

"Να πάρει ο διάολος", είπε ο Μιτς, "δεν έχω μαχαίρι. Κράτα τον, Ρούμπεν, θα πέσει".

Λίγο από το συναίσθημα επέστρεφε στο σώμα και το μυαλό του Ρούμπεν. Καθάρισε το λαιμό του. "Αλλά Μιτς, πώς υποτίθεται ότι θα..."

Αλλά πριν ο Ρούμπεν προλάβει να ολοκληρώσει τη φράση του, ο Μιτς σημάδεψε το περίστροφό του. Ένας μόνο πυροβολισμός ακούστηκε και έκοψε το σχοινί που κρεμόταν. Το σώμα του Λανς, ένα νεκρό βάρος με κάθε απαίσια έννοια της περιγραφής, έπεσε πάνω στον Ρούμπεν, ρίχνοντάς τον στο έδαφος σε ένα σωρό άψυχων μελών. Ουρλιάζοντας, ο Ρούμπεν σκαρφάλωσε κάτω από το σώμα του νεκρού και σηκώθηκε στα πόδια του, με τα χέρια του να χτυπάνε απεγνωσμένα τη σκόνη και αυτό που αντιλαμβανόταν ως κομμάτια από το ξεραμένο αίμα του Λανς από το παντελόνι και το πουκάμισό του.

"Θα σταματήσεις να κάνεις αυτό το τρελό χορευτικό", είπε ο Μιτς.

"Γαμώτο, γιατί δεν με προειδοποιήσατε!"

"Θα σταματήσεις να φωνάζεις! Πώς αλλιώς θα μπορούσα να τον κατεβάσω;"

"Βοήθεια, θα μπορούσαμε να ζητήσουμε βοήθεια".

"Βοήθεια; Από ποιον, από εκείνο το γέρικο όρνιο που σκότωσα ή από εκείνες τις πόρνες που μας επιτέθηκαν σαν τρελαμένα κογιότ;"

"Δεν ξέρω, αλλά έπρεπε να με είχες προειδοποιήσει".

"Ρούμπεν, πρέπει να κλείσεις το στόμα σου. Τελείωσα με την έλλειψη σεβασμού σου. Ο Λανς από δω έφυγε από τη ζωή με τρόπο που δεν του άξιζε, οπότε σκέψου το για λίγο, ε. Θα πρέπει να τον βάλουμε σε ένα μουλάρι ή ίσως σε ένα κάρο και να τον πάμε πίσω στο ράντσο. Ο πατέρας σου θα θέλει ικανοποίηση γι' αυτό, Ρούμπεν. Έχω κατά νου να πιστεύω ότι μπορεί κάλλιστα να σε κατηγορήσει για ένα μεγάλο μέρος της υπόθεσης".

"Εγώ;" Ο Ρούμπεν πέταξε τα χέρια του, "Μιτς, τίποτα από όλα αυτά δεν εξαρτάται από μένα!"

"Λοιπόν, τίποτα από όλα αυτά δεν θα είχε συμβεί αν δεν είχες πυροβολήσει εκείνους τους άνδρες που κυνηγούσαν τον Ινδιάνο φίλο σου. Αυτό τα προκάλεσε όλα αυτά, υποθέτω".

"Συμφωνώ με αυτό."

Και οι δύο πετάχτηκαν στο άκουσμα αυτής της νέας φωνής. Εκείνη τη στιγμή, όλες οι διαφωνίες τους εξαφανίστηκαν, καθώς γύρισαν και είδαν τον όγκο του Μπάνερ να ξεπροβάλλει από την πλευρά του κτιρίου. Το παλτό του είχε τραβηχτεί προς τα πίσω και αποκάλυπτε δύο δεμένα όπλα στους γοφούς του. Ακούμπησε στην άκρη του καταστήματος, αδιάφορος, αλαζονικός, με ένα μικροσκοπικό μειδίαμα στο πρόσωπό του.

"Αυτός είναι", ανέπνευσε ο Μιτς.

Αλλά ο Ρούμπεν ήταν πολύ άκαμπτος από την οργή και την αναποφασιστικότητα για να απαντήσει.

Ο Banner, από την άλλη πλευρά, φαινόταν να έχει τον απόλυτο έλεγχο. Σπρώχτηκε όρθιος, χαμογελώντας. "Έτσι νομίζω, καουμπόη. Και εδώ τελειώνει."

Ο Μιτς δεν δίστασε. Το χέρι του έπεσε για το όπλο του. Ήταν γρήγορος, αιφνιδιάζοντας τον Μπάνερ. Παρόλο που ο μεγαλόσωμος άνδρας κατάφερε να καθαρίσει τη δεξιά του θήκη, ο Μιτς ήταν πρώτος εκεί, με τη σφύρα ενεργοποιημένη και την κάννη ακλόνητη. "Έχεις απόλυτο δίκιο", είπε και πάτησε τη σκανδάλη.

Ο Ρούμπεν πήρε ένα πολύτιμο μάθημα εκείνη την ημέρα, το οποίο δεν ξέχασε ποτέ.

Με απόλυτο τρόμο, κοίταξε με δυσπιστία τον Μιτς καθώς το σφυρί έπεφτε πάνω σε μια άδεια θαλάμη. Ο Μιτς δεν είχε ξαναγεμίσει το όπλο του. Εκείνες τις μέρες, το ξαναγέμισμα ενός πιστολιού με έξι θαλάμους απαιτούσε χρόνο. Η τοποθέτηση της πυρίτιδας, της σφαίρας και του καπακιού απαιτούσε υπομονή, επιδεξιότητα και περίσκεψη. Δεν ήταν κάτι που έπρεπε να βιαστεί ή να παραλειφθεί. Αφού πυροβόλησε μέσα από το κρεμασμένο σχοινί, ο Μιτς δεν είχε μπει στον κόπο να ξαναγεμίσει, χωρίς αμφιβολία πιστεύοντας ότι ο κίνδυνος δεν υπήρχε πλέον. Και τώρα επρόκειτο να πληρώσει το τίμημα.

Ο Μπάνερ έβγαλε έναν δυνατό αναστεναγμό και έπεσε πίσω στο κτίριο, σέρνοντας ένα τρεμάμενο χέρι στο πρόσωπό του. "Γαμώτο, γιε μου, με είχες ξεγελάσει. Σίγουρα είσαι γρήγορος, αλλά έχεις το μυαλό ενός ποντικού. Ευχαριστώ τον Θεό γι' αυτό. Εσύ, αγόρι μου, λύσε τη ζώνη με το όπλο σου, καθώς σκέφτομαι ότι είσαι πιο έξυπνος από τον φίλο σου εδώ".

Για να δώσει μεγαλύτερη βαρύτητα στα λόγια του, και εμφανώς ανακτώντας τα λογικά του, ο Μπάνερ έστρεψε το όπλο του στον Ρούμπεν.

Ο Μιτς έκανε μια κίνηση. Ο Ρούμπεν θέλησε να φωνάξει, αλλά πριν προλάβει να αντιδράσει, ο Μπάνερ πυροβόλησε τον Μιτς ψηλά στον αριστερό ώμο, τινάζοντάς τον πίσω στα σκαλιά του καταστήματος. Στενάζοντας, γύρισε μπρούμυτα. Από το δεξί του χέρι γλίστρησε ένα μαχαίρι, αυτό που είχε πιάσει.

"Όπως είπα", είπε ο Banner με έναν αναστεναγμό, "δεν έχει μυαλό".

Χαλάρωσε τη σφύρα για να προετοιμαστεί για άλλη μια βολή.

Η καραμπίνα ακούστηκε από κάπου απέναντι, αλλά η σφαίρα, διαγράφοντας ένα καυτό ίχνος, χτύπησε το ξύλο μόλις λίγα εκατοστά από το κεφάλι του Μπάνερ. Ο Μπάνερ ούρλιαξε και γύρισε, εμφανώς ταραγμένος.

Ο Ρούμπεν, εκμεταλλευόμενος την ευκαιρία, τράβηξε το δικό του πιστόλι και πυροβόλησε στον όγκο του άνδρα που στεκόταν μπροστά του.

Τώρα ήταν η σειρά του Μπάνερ να τρεκλίζει προς τα πίσω, κοιτάζοντας με φρίκη τον κόκκινο λεκέ που μεγάλωνε στη μέση του. Σταμάτησε και γύρισε το κεφάλι του προς τον Ρούμπεν. "Φίλε, το ήξερα ότι δεν ήσουν ηλίθιος".

"Μη με αποκαλείς αγόρι", γρύλισε ο Ρούμπεν και τον πυροβόλησε ξανά στο κεφάλι.

Για μια στιγμή, ο μόνος ήχος ήταν ο άνεμος που σήκωνε σύννεφα χιονιού από το δρόμο. Τίποτα άλλο δεν κουνιόταν. Βάζοντας στη θήκη του το όπλο του, ο Ρούμπεν πήγε στον Μιτς και τον γύρισε απαλά.

"Ω, Ρούμπεν", είπε ο καουμπόι, αναγκάζοντας τον να χαμογελάσει. "Θα αιμορραγήσω".

"Όχι, δεν είσαι", είπε ο Ρούμπεν.

Κάθισε στα σκαλιά και προσπάθησε να ελέγξει την αναπνοή του. Γνωρίζοντας τι είχε συμβεί στον Μιτς, τράβηξε προσεκτικά το όπλο του και άρχισε να γεμίζει τις δύο άδειες θαλάμες. Αλλά τα χέρια του έτρεμαν τόσο πολύ που δεν τα κατάφερε και το όπλο έπεσε από τα μουδιασμένα δάχτυλά του. Το να σκοτώνει έμοιαζε να του είναι εύκολο πλέον και δεν αναγνώριζε πια ποιος ήταν. Λίγες μέρες μετά, ήταν ένας γεροδεμένος, χαρούμενος έφηβος, που έκανε βόλτες στο πεδίο βολής, αναζητώντας εμπειρίες για να διανθίσει την κατά τα άλλα πεζή ύπαρξή του. Τώρα ήταν ένας έμπειρος δολοφόνος. Και το πιο τρομακτικό απ' όλα αυτά - δεν ένιωθε τίποτα. Δεν σκεφτόταν τους ανθρώπους που πυροβολούσε με το όπλο του, όπως δεν θα σκεφτόταν μια κατσαρίδα που συνθλίβεται κάτω από τη μπότα του.

Συγκεντρώθηκε και σηκώθηκε στα πόδια του. Δεν υπήρχε κανείς άλλος. Όλοι είχαν φύγει για να συναντήσουν τον δημιουργό τους, όπως θα έλεγε κάποιος σαν τον Μονρό. Ο Μονρό, ο μόνος αληθινός αθώος σε όλα αυτά. Τόσες πολλές ζωές τελείωσαν. Αναρωτήθηκε αν άξιζε τίποτα από αυτά;

Ο Ρούμπεν έσκυψε και σήκωσε το όπλο του, έλεγξε το γέμισμα και πέρασε προς τον άνδρα που μόλις είχε πυροβολήσει. Κοίταξε το άψυχο σώμα του Μπάνερ, εκείνα τα μάτια ορθάνοιχτα, στραμμένα προς τον ουρανό, μάτια που κοίταζαν σαστισμένα, μπερδεμένα. Ο Ρούμπεν αναρωτήθηκε ποιος πυροβόλησε με το τουφέκι, αλλά μετά, καθώς σήκωσε το βλέμμα του και είδε το άλογο να απομακρύνεται στο βάθος, κατάλαβε. Θα έπρεπε να φωνάξει και να ευχαριστήσει την Καφέ Αρκούδα, αλλά ίσως ήταν καλύτερα που πήρε τον δρόμο του. Οι άντρες στο ράντσο δεν θα μπορούσαν ποτέ να καταλάβουν ή να δεχτούν ότι ένας Ινδιάνος θα μπορούσε ποτέ να κάνει μια καλή πράξη. Είχε σώσει τη ζωή του Ρούμπεν, του είχε δώσει αυτό το πλεονέκτημα, το μοναδικό πλεονέκτημα που χρειαζόταν για να τα βάλει όλα μαζί και να τα φέρει στην αναπόφευκτη κατάληξη.

Ο Banner ήταν νεκρός. Είχε τελειώσει.

Βρήκε ένα παλιό σεντόνι στο μπουρδέλο και έσκισε αρκετά κομμάτια, τα οποία χρησιμοποίησε για να δέσει τον ώμο του Μιτς. Ο τραυματισμένος καουμπόι καθόταν στο μπαρ, με το πρόσωπο πλημμυρισμένο από ιδρώτα, με ένα περίεργο αρρωστημένο πράσινο χρώμα να χρωματίζει τα μάγουλά του. Κρατούσε ένα ποτήρι ουίσκι στο δεξί του χέρι, το αριστερό ήταν πλέον άχρηστο.

"Η σφαίρα είναι ακόμα εκεί μέσα", είπε ο Ρούμπεν. "Μπορώ να την ξεθάψω, αλλά... Μιτς, θα πάμε στο ράντσο. Μπορούμε να τα καταφέρουμε μέχρι αύριο".

Ο Μιτς κούνησε βλοσυρά το κεφάλι του.

"Έπρεπε να τον είχα πυροβολήσει αμέσως", είπε ο Ρούμπεν. "Αν το είχα κάνει αυτό, δεν θα ήσουν σε αυτή την κατάσταση..."

"Μην ταλαιπωρείς τον εαυτό σου γι' αυτό, Ριμπς. Εγώ φταίω. Για όλα. Έπρεπε να είχα ξαναγεμίσει το όπλο μου".

"Δεν έχω δει ποτέ κανέναν να τραβάει τόσο γρήγορα όσο εσύ, Μιτς".

Ένα μικροσκοπικό χαχανητό ξέφυγε από τα

χείλη του καουμπόη. "Δεν μου βγήκε σε καλό τελικά, έτσι;"

Ο Ρούμπεν δεν είχε απάντηση σε αυτό. Γέμισε το ποτήρι του Μιτς. "Πάω να βρω ένα καρότσι ή κάτι τέτοιο για τον Λανς".

"Άφησέ τον, Ρούμπεν".

Ο Ρούμπεν σταμάτησε και κοίταξε τον ταλαιπωρημένο σύντροφό του. "Να τον αφήσω; Μιτς, δεν μπορούμε απλά..."

"Σίγουρα μπορούμε, Ριμπς. Μετά από αυτό που έκανε; Σε αυτό το κορίτσι;"

"Εννοείς...;" Ο Ρούμπεν έπεσε σε μια καρέκλα απέναντι.

"Ναι. Ακούστε, είχα χρόνο να σκεφτώ. Και αυτό", γύρισε τον πληγωμένο ώμο του, δαγκώνοντας τον πόνο καθώς το έκανε, "μου καθάρισε κάπως το μυαλό. Έφερε τα πάντα στο επίκεντρο".

"Δεν είμαι σίγουρος ότι καταλαβαίνω".

"Ήλπιζα ότι ο Λανς θα επιβίωνε. Ήξερα ότι υπήρχαν άσχημα αισθήματα μεταξύ αυτού και του Henderson, αλλά αν ζούσε, θα μπορούσα να τον πείσω να μιλήσει καθαρά. Βλέπετε, αυτός έφταιγε για όλα. Emily Dowers. Ανακάλυψε ότι σχεδίαζε να το σκάσει με τον Χέντερσον".

"Τι;"

"Μην κάνεις τον σοκαρισμένο, Ρούμπεν. Αυτό το κορίτσι... Θεέ μου, αν την είχες δει... Σχεδόν το ομορφότερο πράγμα που έχω δει ποτέ. Και είχε τον τρόπο της. Ένα βλέμμα στα μάτια της, το στόμα της ... όταν την έβλεπες, Ρούμπεν, την ήθελες στο κρεβάτι σου, χωρίς δισταγμό. Δεν έχω ξαναδεί κάτι παρόμοιο σε όλες μου τις μέρες".

"Λοιπόν, κι εσύ..." Ο Ρούμπεν πέρασε ένα χέρι από τα μαλλιά του, τραβώντας τις ρίζες. "Αλλά ο σύζυγος, αυτός..."

"Φαντάζομαι ότι την έφερε εδώ από τη Νέα Υόρκη με την ελπίδα ότι θα μπορέσει με κάποιο τρόπο να την εξημερώσει. Ποτέ δεν σκέφτηκε ότι οι άντρες εδώ δεν έχουν καθόλου ευπρέπεια. Είμαστε τραχείς και χωρίς τρόπους. Είναι η φύση της δουλειάς μας. Παίρνουμε ό,τι θέλουμε, χωρίς να το σκεφτόμαστε. Αυτό συνέβη με αυτήν και τους υπόλοιπους από εμάς. Κι εγώ το ίδιο. Κοιμήθηκα μαζί της. Κατάφερα να απεγκλωβιστώ από τη γοητεία της γιατί *πάντα* ήξερα ότι ήταν δηλητήριο. Παραλίγο να μου ραγίσει η καρδιά, *πρέπει να σου πω*. Αλλά ο Χέντερσον... Ο καημένος ο βλάκας, την ερωτεύτηκε για τα καλά. Και αυτή τον ενθάρρυνε. Είδε σ' αυτόν μια διέξοδο".

"Και όταν το έμαθε ο Λανς, τη σκότωσε;"

Ο Μιτς σήκωσε τους ώμους. "Κι αυτός επίσης. Δεν μπορούσε να ζήσει χωρίς αυτήν. Μου το εκμυστηρεύτηκε ένα βράδυ, όταν ήταν τόσο *μεθυσμένος που δεν ήξερε τι έλεγε*. Μετά από αυτό *που έκανε ο σύζυγος*".

"Μιτς, νόμιζα ότι είπες ότι ο Λανς..."

"Όχι. Είπα ότι ήταν *υπεύθυνος*. Είχε *πάει* στην καλύβα για να τα βάλει μαζί της και ο σύζυγος ήταν εκεί. Τσακώθηκαν και ο Λανς τον έριξε κάτω, όπως θα περίμενε κανείς. Εκείνη φώναζε στον Λανς να φύγει, να μην ξαναγυρίσει *ποτέ*. Και καθώς έφυγε καβάλα, άκουσε τον *πυροβολισμό*".

"Θεέ μου..."

"Αφού τη σκότωσε, ο σύζυγος *πήγε* και κρεμάστηκε. Αυτό θα είχε τελειώσει, αν δεν υπήρχε ο Henderson. Ήταν άγριος από τη θλίψη και τη Λανς ... Πήρε το χρόνο του, σχεδίασε την εκδίκησή του".

"Βάζοντας τα αποτσίγαρα στην καμπίνα, για να φανεί ότι ο Χέντερσον ήταν ο μοναδικός".

"Κάτι τέτοιο."

Ένα ξαφνικό τράνταγμα *πόνου πέρασε από τα* χαρακτηριστικά του και ο Μιτς έσκυψε μπροστά, πιάνοντας τον ώμο του.

Ο Ρούμπεν *πήδηξε στα πόδια* του. "Μιτς, Μιτς, κρατήσου! Πάρε το ουίσκι, για να μουδιάσει ο πόνος, και εγώ θα *πάω να φέρω τα άλογα*".

"Καλύτερα να βιαστείς, Ριμπς", βογκούσε ο Μιτς χωρίς να σηκώσει το κεφάλι του.

Διέσχισαν τη νύχτα με σταθερό ρυθμό, με τον Ρούμπεν να φοβάται ότι οποιαδήποτε απότομη κίνηση θα μπορούσε να κάνει τη σφαίρα να κινηθεί στον ώμο του Μιτς και να προκαλέσει νέα κρίση. Ο Μιτς, σκυμμένος στο λαιμό του αλόγου του, έβγαζε περιστασιακά ένα βογγητό, αλλά *πέρα από αυτό*, δεν έδειχνε *πολλά* σημάδια δυσφορίας. Ο Ρούμπεν, ωστόσο, ήξερε ότι ο χρόνος έτρεχε εναντίον τους και δεν είχε την *πολυτέλεια* να σταματήσει. Καθώς η αυγή χάραζε ροζ και μοβ λωρίδες στον ουρανό, λαχταρούσε να ξεκουραστεί και ήταν σίγουρος ότι και ο Μιτς θα ένιωθε το ίδιο, αλλά το ράντσο απείχε μόλις λίγες ώρες. Όταν θα ήταν σε απόσταση αναπνοής, ο Ρούμπεν θα ξεκινούσε και θα κάλπαζε *προς* τη γη του *πατέρα* του, θα καλούσε τον γιατρό Μίλερ, για να φτιάξει τον Μιτς. Αυτό ήταν το σχέδιο.

Φυσικά, όπως τα *περισσότερα* σχέδια, οι περιστάσεις μπήκαν στη μέση.

Λίγη ώρα αφότου ο ήλιος ξεπρόβαλε *πάνω από* τον ορίζοντα, ο Μιτς γλίστρησε από τη σέλα του και χτύπησε δυνατά στο έδαφος. Παρέμεινε ακίνητος. Τρομερά ακίνητος και ο Ρούμπεν ήταν δίπλα του μέσα σε ένα δευτερόλεπτο, σήκωσε το κεφάλι του, έτοιμος να ρίξει νερό στο ανοιχτό, άκαμπτο στόμα του άντρα.

Τα μάτια του ήταν ανοιχτά. Κοιτούσαν στο τίποτα.

Ο Ρούμπεν άργησε πολύ.

ΚΕΦΆΛΑΙΟ ΤΡΙΆΝΤΑ ΈΝΑ

Δεν είχε πολύ όρεξη για φαγητό και έπαιζε με τα αυγά που ο πατέρας του επέμενε να προσπαθήσει να κατεβάσει.

Τελικά, νιώθοντας αδιαθεσία, ο Ρούμπεν έσπρωξε το πιάτο μακριά και κάθισε πίσω. Ένιωσε τα μάτια του πατέρα του να τον διαπερνούν.

"Σε αδίκησα", είπε ο πατέρας του μετά από μια μακρά παύση. "Σε αδίκησα και λυπάμαι".

Ανασηκώνοντας το πρόσωπό του, ο Ρούμπεν εξέτασε τα γκρίζα χαρακτηριστικά του πατέρα του. Είχε γεράσει τις τελευταίες μέρες, το βάρος του στρες και του άγχους είχαν καταβάλει το τίμημά τους. Ήξερε επίσης πόσο δύσκολο ήταν για έναν άντρα σαν κι αυτόν να ζητήσει συγγνώμη. Περήφανος, ασυμβίβαστος, σίγουρος για την αταλάντευτη δικαιοσύνη του, ο Ρούμπεν δεν μπορούσε να σκεφτεί καμία άλλη φορά που ο πατέρας του είχε δείξει ποτέ μεταμέλεια, λύπη ή, στην προκειμένη περίπτωση, παραδοχή ενός λάθους. Όμως εδώ ήταν, και το καλωσόρισε, παρά τον θυμό που αναπτύχθηκε μέσα του.

Με την απώλεια των κορυφαίων ανδρών του πατέρα του - του Λανς, του Χέντερσον και του Μιτς - είχε προσφερθεί στον Ρούμπεν η θέση του εργοδηγού, αλλά φυσικά είχε αρνηθεί. Ήταν πολύ νέος. Το ράντσο χρειαζόταν έναν άντρα με εμπειρία, με τιμή, έναν άντρα που να τον σέβονται.

"Θα είναι δύσκολο να βρεις κάποιον τέτοιο", είπε ο πατέρας του, κοιτάζοντας την επιφάνεια του τραπεζιού, με το πρόσωπό του σοβαρό, γεμάτο ανησυχία. "Τα νέα από την Ανατολή είναι άσχημα, Ρούμπεν. Φαίνεται ότι οι αποσχιστές από τη Νότια Καρολίνα επιτέθηκαν σε ένα οχυρό, το βομβάρδισαν με κανόνια και το ανάγκασαν να παραδοθεί".

"Τι σημαίνει αυτό, μπαμπά;"

"Σημαίνει ότι ο Πρόεδρος θα αντιδράσει και θα επιβάλει το κράτος δικαίου σε αυτό το κράτος. Το οποίο μπορεί να σημαίνει μόνο ένα πράγμα".

"Πόλεμος; Μα πώς μπορεί ένα κράτος να σταθεί απέναντι στις δυνάμεις της χώρας;"

"Δεν μπορούν, αλλά έχω ακούσει φήμες ότι περισσότερες πολιτείες θα ενωθούν με τη Νότια Καρολίνα, θα σχηματίσουν τη δική τους κυβέρνηση και θα αποσχιστούν. Να αποσχιστούν. Ο Λίνκολν δεν θα το επιτρέψει αυτό".

"Δεν καταλαβαίνω τίποτα από όλα αυτά, μπαμπά".

"Λαμβάνω υπόψη μου αυτά που είπες, Ρούμπεν, για την έλλειψη εμπειρίας σου και όλα αυτά, αλλά οι καιροί είναι ιδιόρρυθμοι και δεν βλέπω να έχουμε πολλές επιλογές".

"Τι θα έλεγες να πάω στο Φορτ Ντέφινς και να βάλω καμβά για νέο επιστάτη; Μπορεί να σταθώ τυχερός".

"Είσαι σίγουρη ότι μπορείς να το κάνεις;"

"Νομίζω ότι θα είναι ο καλύτερος τρόπος για να βγάλω όλα όσα συνέβησαν από το κεφάλι μου, μπαμπά".

"Μπορεί να έχεις δίκιο, αλλά το Fort Defiance;

Εκεί ξεκίνησαν όλα αυτά. Κι αν αυτός ο Μπάνερ έχει κάποιους φίλους εκεί;"

"Αμφιβάλλω."

"Και αν το έχει κάνει;"

"Τότε θα το αντιμετωπίσω εγώ. Μπαμπά, αν με εμπιστεύεσαι ως επιστάτη εδώ, που δίνω εντολές σε άνδρες που έχουν δουλέψει στο πεδίο βολής όλη τους τη ζωή, τότε πρέπει να πιστέψεις ότι μπορώ να φροντίσω τον εαυτό μου απέναντι σε μερικούς ανόητους οπλοφόρους".

"Αν είναι ανόητοι."

"Υποθέτω ότι είναι, με βάση όσα γνωρίζω για τους άνδρες που ταξίδεψαν με τον Banner. Θα διάλεγε τους καλύτερους από αυτούς και μα το Θεό, μπαμπά, δεν ήταν οι καλύτεροι από τίποτα!"

"Μην βρίζεις, Ρούμπεν".

"Ναι. Συγγνώμη, μπαμπά".

Ο πατέρας του έτρωγε το κάτω χείλος του για λίγες στιγμές, χαμένος στις σκέψεις του. Στη συνέχεια, με ξαφνική αποφασιστικότητα, χτύπησε την επιφάνεια του τραπεζιού και με τα δύο του χέρια. "Ναι, μα το Θεό. Πήγαινε εκεί και διάλεξε έναν καλό άνθρωπο, Ρούμπεν. Χρησιμοποίησε κάθε ικμάδα από το μυαλό σου που σε βοήθησε να τα καταφέρεις όλα αυτά. Φέρε πίσω έναν καλό άνθρωπο".

Ο Ρούμπεν σηκώθηκε όρθιος, έκανε ένα μικρό νεύμα και πήγε να ετοιμαστεί.

Ο καιρός ήταν καθαρός και τσουχτερός, οι χιονοθύελλες είχαν περάσει, το κυλιόμενο τοπίο ήταν μια λευκή κουβέρτα, αλλά δεν ήταν πια ύπουλο κάτω από την οπλή του, καθώς καβαλούσε, με το μαντήλι στο στόμα του και το γούνινο κολάρο τραβηγμένο γύρω από το λαιμό του.

Αργά το απόγευμα, προστάτευσε το άλογό του.

Το Φορτ Ντέφιενς βρισκόταν μέσα στο βυθό, περίπου τριάντα λεπτά μακριά. Χωρίς να γυρίσει, πήρε μια ανάσα και μίλησε. "Δεν πίστευα ότι θα σε ξαναδώ για πολύ καιρό".

Γελώντας, η Καφέ Αρκούδα ήρθε δίπλα του. "Είσαι καλός, νεαρέ μου φίλε".

"Δεν έπρεπε να φύγεις με τον τρόπο που έφυγες. Ούτε από την καλύβα, ούτε από αυτή την καταραμένη πόλη".

"Δεν είχα πολλές επιλογές. Θα με έφερναν πίσω στο σπίτι του πατέρα σου και θα με λιντσάριζαν, όπως προσπάθησαν και πριν".

"Όχι. Εγώ θα..."

"Δεν θα μπορούσατε να τους σταματήσετε για δεύτερη φορά".

"Μα δεν είχες κάνει τίποτα!"

"Νομίζεις ότι τέτοιες λεπτομέρειες έχουν σημασία για τέτοιους άντρες;" Κουνώντας το κεφάλι του, κοίταξε προς το φρούριο. "Αυτοί οι άντρες, αυτός που λέγεται Μπάνερ, απολάμβαναν να μου προκαλούν πόνο. Τέτοια πράγματα δεν θα τελειώσουν ποτέ, φίλε μου. Πάντα θα υπάρχουν άνθρωποι σαν αυτούς, όπου κι αν πάω εγώ ή άλλοι από τον λαό μου".

"Τα πράγματα μπορεί να αλλάξουν, φίλε μου. Θα γίνει πόλεμος, είπε ο μπαμπάς. Ένας πόλεμος για την απελευθέρωση των σκλάβων".

"Αυτό θα φέρει την ελευθερία, νομίζεις;"

"Ι..." Ο Ρούμπεν συνοφρυώθηκε, σήκωσε τους ώμους και κοίταξε αλλού. "Δεν είμαι καν σίγουρος τι σημαίνει ελευθερία. Το δικαίωμα να κάνεις και να λες ό,τι θέλεις, υποθέτω. Ανεξάρτητα από το χρώμα του δέρματός σου. Αυτό λέει ο μπαμπάς και συμφωνώ μαζί του".

"Ακόμα κι αν αυτό που θέλετε είναι να σκοτώσετε τους άλλους επειδή δεν είναι σαν εσάς; Όχι, Ρούμπεν, είναι καλύτερα να μείνω μακριά, απόμακρος, στις σκιές, μέχρι να τελειώσει αυτό το πρόβλημα που λες ότι έρχεται".

"Περισσότερο από απλό πρόβλημα, υποθέτω."

"Τότε, μέχρι να ξανασυναντηθούμε..."

Ο Ρούμπεν γύρισε και άπλωσε το χέρι του. Η καφέ αρκούδα το πήρε. "Ευχαριστώ", είπε ο Ρούμπεν.

"Ήταν ένας τρόπος να πληρώσω το χρέος μου απέναντί σου, φίλε μου. Αλλά είναι ένα χρέος που δεν έχει ακόμη εξοφληθεί πλήρως".

Πριν ο Ρούμπεν προλάβει να απαντήσει, ο Καφέ Αρκούδος τράβηξε το άλογό του μακριά και το έβαλε σε πλήρη καλπασμό.

Ο Ρούμπεν παρακολουθούσε τον φίλο του να χάνεται στο βάθος, μέχρι που δεν ήταν παρά μια γκρίζα κηλίδα στα αγνά λευκά χωράφια.

Υπήρχαν στρατιώτες στο φρούριο. Καθώς ο Ρούμπεν χαλιναγώγησε το άλογό του, κοίταξε γύρω του. Μπλε ντυμένοι άντρες αναμειγνύονταν ανάμεσα στους πολλούς άγριους τύπους που έβγαιναν από το σαλούν. Υπήρχαν πολλά γέλια και χτυπήματα στην πλάτη και ο Ρούμπεν παρακολουθούσε και αναρωτιόταν τι συνέβαινε. Κατέβηκε και σχεδόν αμέσως, ένα μεγάλο, δυνατό χέρι έσφιξε τον ώμο του. Ενστικτωδώς έπιασε το όπλο του, αλλά ο ιδιοκτήτης του χεριού, ένας τεράστιος, χαρούμενο πρόσωπο στρατιώτης με ρίγες λοχία και στα δύο χέρια, απλώς γέλασε.

"Περίμενε, νεαρέ, δεν θέλω να σε βλάψω".

"Συγγνώμη", είπε ο Ρούμπεν, χαλαρώνοντας λίγο.

"Τι κάνεις εδώ; Αν ψάχνετε για διασκέδαση, το φρούριο θα κλείσει τις πόρτες του σε λίγο καιρό. Γι' αυτό είμαστε εδώ. Λόχος Δ, 1οο Σύνταγμα Πεζικού,

Στρατός των Ηνωμένων Πολιτειών. Αυτοί οι άντρες που βλέπετε γύρω σας, είναι περιπλανώμενοι, επίδοξοι χρυσοθήρες, απατεώνες. Τους προσφέρουμε την ευκαιρία να υπηρετήσουν, να κάνουν κάτι από την κατά τα άλλα μίζερη ζωή τους".

"Να υπηρετήσω;"

"Ναι. Για να καταταγώ στο στρατό των Ηνωμένων Πολιτειών. Θα μπορούσαμε να χρησιμοποιήσουμε νεαρούς άνδρες με διαμετρήματα και ικανότητες. Βλέπω από την ενδυμασία σας ότι δεν είστε περιπλανώμενος".

"Το όνομά μου είναι Ρούμπεν Κόουλ. Είμαι υπεύθυνος στο ράντσο του πατέρα μου".

Ο στρατιώτης σφύριξε σιωπηλά. "Ώστε, έχετε συνηθίσει να φροντίζετε άλογα και βοοειδή;"

"Είμαι ιχνηλάτης."

Ο Ρούμπεν είδε την έκφραση του άνδρα να αλλάζει, από αδιάφορο ενδιαφέρον σε απόλυτη προσοχή. "Ένας ιχνηλάτης;"

Ο Ρούμπεν έγνεψε. Ήταν ένα ψέμα, αλλά ίσως όχι τόσο μεγάλο. Η Καφέ Αρκούδα του είχε δείξει τόσα πολλά και μερικά από αυτά τα είχε ήδη χρησιμοποιήσει.

"Αυτό γίνεται όλο και καλύτερο! Φαίνεται ότι η πρόνοια είναι πάνω μας, καλέ μου νεαρέ. Πώς αισθάνεσαι που θα γίνεις μέλος του στρατού μας ως ιχνηλάτης;"

"Θα έλεγα ότι αυτό θα ήταν πολύ ωραίο πράγμα, κύριε".

Το λαμπερό χαμόγελο του λοχία έγινε πιο πλατύ και χτύπησε το τεράστιο χέρι του στον ώμο του Ρούμπεν, σχεδόν ρίχνοντάς τον από την ισορροπία.

"Θα πρέπει να ενημερώσω τον πατέρα μου. Με έστειλε εδώ για να στρατολογήσω άνδρες για να τον βοηθήσουν στο ράντσο. Είχαμε κάποια προβλήματα, βλέπετε. Χρειαζόμαστε αντικαταστάτες".

"Λοιπόν, μπορούμε να κάνουμε ό,τι μπορούμε, αλλά έχουμε διαταχθεί να κινηθούμε γρήγορα. Οι στρατοί συγκεντρώνονται, νεαρέ μου, και δεν έχουμε πολύ χρόνο στη διάθεσή μας".

"Θα πρέπει να τον ειδοποιήσω".

"Τότε θα το κάνουμε. Υπάρχει ένα πράγμα. Φαίνεσαι λίγο νέος, με συγχωρείς που το λέω. Αλλά πόσο χρονών είσαι;"

Χωρίς δισταγμό, ο Ρούμπεν είπε άλλο ένα ψέμα: "Είμαι δεκαεννιά ετών τον επόμενο μήνα".

Και έτσι ο Ρούμπεν στρατολογήθηκε στον στρατό των Ηνωμένων Πολιτειών ως ανιχνευτής.

Σύντομα, οι εχθροπραξίες θα γίνονταν κάτι περισσότερο από φήμες και τα χρόνια της διαμόρφωσης του Ρούμπεν θα τον βοηθούσαν να εξελιχθεί σε έναν σκληρό άνδρα της δράσης.

Το τέλος αυτής της πρώτης ενότητας των πρώτων ημερών του Ρούμπεν Κόουλ.

Αγαπητέ αναγνώστη,

Ελπίζουμε να σας άρεσε η ανάγνωση του *εννημένος Να Παρακολουθεί*. Παρακαλούμε αφιερώστε λίγο χρόνο για να αφήσετε μια κριτική, ακόμη και αν είναι σύντομη. Η γνώμη σας είναι σημαντική για εμάς.

Με τους καλύτερους χαιρετισμούς,

Stuart G. Yates και η ομάδα του Next Chapter

εννημένος Να Παρακολουθεί
ISBN: 978-4-82410-536-3
Χαρτόδετο χαρτί μαζικής αγοράς

Εκδόσεις
Next Chapter
1-60-20 Minami-Otsuka
170-0005 Toshima-Ku, Tokyo
+818035793528

8 Σεπτέμβριος 2021